JACQUES A. BERTRAND

J'AIME PAS LES AUTRES

roman

Julliard
24, avenue Marceau
75008 Paris

ISBN 978-2-260-01719-6

Au cœur de l'automne 2006, je venais de commencer *J'aime pas les autres* lorsque j'appris que j'avais un nouveau combat à mener. Contre mes propres cellules. Un certain nombre d'entre elles avaient en effet entrepris de se multiplier inconsidérément – ce n'était pourtant pas mon genre. Je ne suis pas un fanatique du combat, surtout pas contre moi-même. Aussi ai-je repris avec entrain *J'aime pas les autres*.

Il y a des jours noirs. D'autres jours, je me sens incroyablement léger, attentif, en mesure de profiter pleinement de l'Instant, de la lumière, de la musique, des visages de passantes, de certaines pages. Voire d'une raisonnable méchanceté.

Nous savons depuis Lao Tseu que « la gravité est la racine de la légèreté ».

J. A. B.

Paris, mars 2007

Je suis l'autre.
Gérard DE NERVAL

Je est un autre.
Arthur RIMBAUD

Si je ne vaux pas mieux, au moins, je suis autre.
Jean-Jacques ROUSSEAU

L'enfer, etc.
Jean-Paul SARTRE

Comment je me suis fâché avec tout le monde, je ne sais plus très bien. Longtemps, j'ai cru aimer les autres. Peut-être que je croyais les aimer parce que je voulais qu'ils m'aiment. Vous voulez toujours que les autres vous aiment. Enfin, vous croyez.

C'est des gens bizarres, les autres. Vous pensez qu'ils sont comme vous. Et pas du tout. Ils sont comme les autres.

J'aime pas les autres.

Au début, je ne me suis pas méfié. Je parlais avec tout le monde. Pourtant, je ne maîtrisais pas encore parfaitement la langue. Je discutais avec les mouches. C'est comme les autres, les mouches. Vous espérez vous faire des copines, vous leur faites des politesses, de grands sourires et des bababas, et, toc, elles vous atterrissent dans l'œil.

— Mais pourquoi cet enfant pleure ?

Ça, c'est ma mère. Elle insiste.

— Il a tout ce qu'il lui faut. Son pouce, sa girafe en caoutchouc, son parc avec les petites boules de bois qu'il peut faire tourner tant qu'il veut...

Mon parc, tu parles. Les boules.

Il y a même des mouches qui piquent. Pas que des mouches.

Un peu plus tard, à la maternelle, pendant la récréation, ou au cours d'une séance de jeux interactifs, je ne sais plus, il y a cette gamine qui a l'air gentil, j'aime bien ses cheveux et sa petite robe, je vais la serrer dans mes bras. Elle se met à hurler. La maîtresse débarque en urgence avec ses yeux en forme de gyrophares, une hyperthyroïdienne.

— Mais qu'est-ce qu'il a, ce môme, il est obsédé sexuel ou quoi ?

Moi ?

Un peu plus tard encore, en cours préparatoire, je suis le premier à savoir lire et écrire. Mais je n'ai pas de pot : le maître, c'est mon père. Il s'occupe aussi du cours élémentaire.

Si je fais un quart de faute à la dictée, c'est le drame.

Si je suis premier, c'est normal. Si, par malheur, je ne suis que deuxième, ça tourne à la tragédie.

— Tu as fait trois quarts de faute !

(Quand je pense au nombre de fautes *entières* que la plupart des gens font...)

Si je ne suis pas premier, c'est Momo, le fils du pharmacien, qui l'est. Mon père lui dit :

— C'est bien, Momo.

Moi, il m'engueule. Je me mets à pleurer. Ça l'énerve. Il m'envoie chez ma mère. Il faut dire que nous habitons l'appartement au-dessus de la classe, c'est pas de pot non plus. Les autres mômes viennent de la campagne à vélo, même l'hiver, dans la neige, c'est rigolo. Moi, je descends de l'appartement en pantoufles. J'ai pas le droit d'aller dans la neige. J'ai pas de vélo.

Un jour, je suis premier et Momo, qui est deuxième, se met à pleurer. Mon père s'inquiète. Entre deux sanglots hoquetés, Momo s'explique :

— M'sieur, quand votre fils est deuxième, vous êtes fâché...

Mon père lui tapote l'épaule pour le réconforter.

— Mais deuxième, Momo, c'est très bien !

Quoi ? C'est bien, deuxième ? Du coup, c'est moi qui pleure. Ça agace mon père. Il m'envoie chez ma mère.

En plus, quand je suis premier, le père de Momo, le pharmacien, dit avec des airs de sous-entendus :

— C'est normal, c'est le fils du maître...

En classe, on apprend une chanson. Les paroles sont écrites au tableau. Paroles de Paul Fort, musique de Georges Brassens. « Le p'tit ch'val dans le mauvais temps, qu'il avait donc du coura-a-ge... » Sur ce, grand événement au village, un jeudi après-midi débarque l'animateur d'un radio-crochet national réservé aux enfants. Ça se passe à la salle des fêtes, à deux pas de l'école. Mon père ne veut pas que j'y aille.

— Mais pourquoi ? Tous les autres y vont ! Et je suis premier ce mois-ci...

— Tu ne connais pas de chanson !

— Si ! « Le p'tit ch'val » !

— Laisse-le y aller, dit ma mère. Bon, mais si tu ne peux pas chanter celle-là, tu ne chantes pas, tu regardes.

Je promets solennellement.

L'animateur me repère tout de suite.

— Et toi, mon garçon, qu'est-ce que tu vas nous chanter ?

— « Le p'tit ch'val dans le mauvais temps ».

— Ah, non, ce n'est pas possible, ton copain l'a déjà chantée.

Forcément, Momo est arrivé avant moi. Il n'a pas eu à discuter avec ses parents pendant une heure. L'animateur ne veut pas croire que je ne connais pas d'autres chansons.

— Tu connais bien « Ma cabane au Canada » ? Non ? « Un oranger sous le ciel irlandais » ? Non plus ? Tiens : « J'aime le jambon et la saucisse, j'aime le jambon quand il est bon, mais j'aime encore mieux le lait de ma nourrice... » Ne me dis pas que tu ne la connais pas, celle-là !

Tout le monde se marre.

— Je ne sais pas bien les paroles...

— Ça ne fait rien, on va t'aider.

Je ne savais pas trop refuser, à l'époque.

Le samedi soir, grande soirée de gala à la salle des fêtes du village : on fait entendre aux parents les enregistrements qui seront diffusés à la radio. Je n'ai rien dit à la maison.

C'est moi le plus drôle. J'ai tout confondu. J'ai chanté : « J'aime le jambon de ma nourrice. » Hilarité générale. Le fils du maître ! Mon père est fou de rage, ma mère morte de honte. Je serai privé de sortie.

Je ne suis jamais beaucoup sorti de l'école.

Aujourd'hui encore, je frémis à la pensée que j'aurais pu faire une faute entière à la dictée et être troisième !

Mon père est un inconditionnel de la règle en bois, réglementaire. (Réglementaire prend un accent aigu et règlement un accent grave : un quart de faute.) C'est un instrument primitif, inspiré du mètre étalon en platine déposé au pavillon de Breteuil, à Sèvres, taché d'encre noire, rouge ou violette, dont les graduations millimétrées ont pratiquement toutes disparu, et ce sera bientôt le tour des centimètres. On fabrique déjà alors de petites réglettes fantaisie en matière plastique multicolore. Mon père est contre la fantaisie.

Il se trouve que je suis souvent de corvée de gauloises et de timbres chez la buraliste qui en vend, des petites règles fantaisie. C'est une buraliste à l'ancienne avec chignon, lunettes et gilet de laine rose tricoté à la main. Elle trône derrière sa caisse surélevée, vous toise, se prend pour la caissière du Grand Café.

— Et pour toi, mon p'tit, qu'est ce que ce sera ?

— Un paquet de gauloises bleues, deux timbres à dix centimes, trois à cinq et quatre à deux.

— Mais c'est intéressant, ça. Les gauloises sont à cinquante-cinq centimes. Tu vas calculer combien ça fait, ça te fera un petit exercice.

— C'est pas la peine, M'dame. Mon père m'a donné la somme exacte.

Mon père est contre les pourboires. La buraliste prend un air pincé et recompte prudemment. De toute façon, l'exercice, je l'ai déjà fait, si vous pensez que mon père ne me l'avait pas demandé...

Elle se radoucit soudain et prend un air mielleux, un peu niais.

— Ah, mais j'y pense, j'ai reçu vos photos de vacances ! (Elle fait aussi dépôt de pellicules à développer – on doit les développer, à l'époque.) Il y en a de très bonnes. Tiens, je vais te les donner, tu me les paieras la prochaine fois.

Elle ouvre carrément l'enveloppe et se met à reluquer ma mère en maillot de bain sur la plage, mon père en pêcheur sur le port et surtout mon frère et moi en slips de bain ridicules posant au garde-à-vous. Je hais cette bonne femme. Retenez-moi ou je lui démolis son bureau de tabac ! Pendant qu'elle se penche pour chercher une pochette en papier, je lui pique un paquet de réglettes. Fantaisie. Des jaunes, des rouges et des bleues, retenues par un élastique. (Règle prend un accent grave et réglette un accent aigu : deuxième quart de faute.)

À peine dans la rue, je me demande ce que je vais bien pouvoir en faire. Elles sont nulles. Même pas vingt centimètres. Je les donnerai aux autres pendant la récréation, en leur demandant d'être discrets. Faites des cadeaux aux autres ! Ils commencent à s'exciter et se battent en duel sur les rangs, à la fin de la récré, avec leurs épées multicolores. Déchaînés. Il y en a même qui m'attaquent – or je n'ai pas d'épée, j'ai tout donné, évidemment. Sur ce, mon père rétablit la paix des braves d'un simple coup de sifflet.

— Qu'est-ce que c'est ?

Gardes du Cardinal et mousquetaires du Roi, confondus et unanimes :

— C'est Anatole, M'sieur !

— Bon, vous rentrez en classe dans le silence le plus total : je veux entendre un diptère voler ! Aristide, tu peux me dire ce qu'est un diptère ?

— ... Un hélicoptère ?

— Mon pauvre Aristide, tu t'appelles Aristide, mais tu es loin d'être brillant. Momo, tu ramasses les règles. Anatole, tu restes avec moi.

Garde à vue. Interrogatoire serré. Effondrement du présumé coupable qui passe lamentablement aux aveux.

— Monte chez ta mère !

Le lendemain, je dois rapporter les règles à la buraliste et présenter mes excuses. Mon père se tient à deux pas derrière moi.

— Mais pourquoi as-tu fait ça ? Des règles, ton papa en a autant qu'il veut, avec les fournitures scolaires...

(Ça, ça a dû agacer mon père.)

Pourquoi j'ai fait ça ? Je ne vais pas lui dire : « Parce que vous êtes une grosse vache, M'dame. »

J'improvise :

— ... C'est par étourderie.

(Il me semble que mon père a réprimé un sourire.)

De toute façon, on va bientôt changer de buraliste et de dépôt de pellicules. Mon père n'est pas plus bête qu'un autre, il n'a pas beaucoup apprécié le coup des photos de vacances. Il va envoyer une petite lettre bien tapée à la grosse vache, à propos du droit à l'image et tout. Il avait des côtés très en avance sur les nouvelles législations européennes.

Il y a un autre bureau de tabac sur la place de l'Église, tenu par une adorable petite vieille. L'ennui, c'est qu'il faut lui répéter trois fois les commandes, dans le creux de son oreille dont elle rabat le pavillon d'une main. En plus, à la troisième commande, c'est tout juste si elle ne vous reprocherait pas de lui éclater les tympans.

— Ça va, ça va, mon p'tit, j'ai compris !

En général, j'ai plutôt bonne réputation chez les commerçants. Étiquette : « garçon bien élevé, un peu dans la lune ».

La bouchère m'énerve.

— Du lard ? Ah, oui, on est samedi, c'est pour la soupe au chou.

De quoi je me mêle ? Je rougis, j'ai l'air gêné, mais ça ne m'empêche pas de penser : « Occupe-toi donc de tes gros nichons ! » Nichons, c'est nouveau, ça vient de sortir à la récré, ça fait rire. Tu dis : « Gros nichons », tout le monde s'esclaffe.

Les commerçants, ils ramassent leurs sous, ne parlent jamais d'eux, sauf pour dire que leurs enfants font de Brillantes Études, et veulent tout savoir des autres.

— Dites-moi, madame Brunel, vous avez entendu dire que la fille à madame Duchâteau aurait eu des jumeaux ? Un Noir et un Blanc !

— Non ! C'est pas possible... je ne crois pas que ce soit possible...

— Ça dépend ! Si elle a couché avec un métis !

Très bête, la bouchère. Et complètement nulle en génétique.

La crémière, ça va. Pascaline. C'est gai, comme nom, printanier, pâquerettes et symphonie pastorale. On ne voit plus beaucoup son frère qui aurait fait de gros coups pendant la Résistance, et qui aurait continué à en faire après, on prend des habitudes.

J'arrive avec mon bidon :

— Deux mesures de lait et cent grammes de gruyère râpé, s'il vous plaît.

Je mange la moitié du gruyère sur le chemin du retour. Par étourderie.

Cette histoire de « gruyère » froisse les Suisses. Une de leurs petites villes de montagne s'appelle Gruyère : on y fabrique un excellent fromage, particulier, alors que les Français dénomment gruyère toute sorte de pâtes cuites de qualité aléatoire. Par ailleurs, une autre de leurs petites villes s'appelle Champagne et produit un bon vin qu'ils n'ont pas le droit d'appeler « de Champagne », à cause de règlements internationaux compliqués. Voilà bien comment on cultive l'inimitié entre les peuples.

Ce jour-là, Pascaline :

— Du lait ?

Je n'ai pas mon bidon. Je devais être « dans la lune » en pénétrant dans la boutique. J'ai comme un trou de mémoire.

— Du gruyère râpé ? (Mon air perdu la fait sourire.) Du beurre, de la crème ?... Un camembert ?

— Je ne sais plus.

Les autres clientes commencent à rigoler franchement. Le rouge de l'embarras me monte au front.

— Écoute, fait Pascaline gentiment, je vais servir, dès que la mémoire te revient, tu me fais signe. D'accord ?

D'accord. Mais au fur et à mesure que la mémoire me revient, je me trouve de plus en plus dans l'embarras. J'ai tenté de reconstituer mentalement mon parcours depuis l'école et l'évidence a fini par s'imposer : personne ne m'a demandé de passer à la crémerie. On m'a envoyé chez le coiffeur !

Et au lieu de m'en tirer avec un subterfuge, comme auraient fait les autres – « Je vais aller redemander à ma mère » ou je ne sais quoi –, je bafouille, je me dandine d'un pied sur l'autre.

— ... Je crois que... je devais aller chez le coiffeur.

L'histoire fera le tour du village, naturellement.

« Coiffeur pour Hommes. » Au rendez-vous des chasseurs. Des cheveux partout. Des chasseurs partout, assis à califourchon sur des chaises en bois. Tous en épaisses bottes de caoutchouc crottées. Même le coiffeur.

— Dis donc, mon p'tit, ton père m'avait dit trois heures. Tu vas devoir attendre.

— Ça a tout son temps, à cet âge ! Bon, je te raconte. Je passe par le bois du Moulin, je marche sur une branche qui craque et là, vlan, un perdreau, énorme, qui me passe sous le nez. Mon chien n'a pas bougé, il est resté bouche bée.

Son chien, s'il était aussi bourré que lui, le perdreau, il ne l'a même pas reconnu. Et puis je n'ai pas du tout « tout mon temps ». Parce que mon père va sûrement me demander ce que j'ai fait *après* le coiffeur. Ce que j'ai fait *avant*, il l'apprendra bien assez tôt.

Quand vient enfin mon tour, je me hisse sur le fauteuil en skaï tapissé de poils de gibier. Le coiffeur appuie sur une pédale pour me surélever et fait déjà claquer ses ciseaux. Clac, clac, clac. C'est pour l'entraînement. Ou pour gagner de la vitesse. Il me soulève une mèche avec un vieux peigne et, clac, il la coupe. Après quoi il recommence à faire claquer ses ciseaux dans l'air avant de se décider pour une nouvelle mèche. Je glisse timidement :

— Pas trop court...

— Ah, ça, mon p'tit, ton père m'a dit « bien dégagé sur les oreilles ». Je ne voudrais pas contrarier le maître d'école. Et puis, c'est lui qui paye, après tout.

J'avais pourtant déjà plusieurs fois expliqué à mon père qu'un méchant épi sur le sommet de mon crâne restait hérissé pendant plus d'une semaine si on me coupait les cheveux trop court, même si j'essayais de le coller avec de la brillantine.

En ce temps-là les Frères Jacques interprètent une chanson de Jean-Claude Massoulier :

« Le sam'di matin,
Lorsque point l'aurore,
Monsieur Le Petit le chasseur
Embrass' tendrement

Sa femme qui dort,
Prend son grand fusil à vapeur,
Sa grand' carnassière
En peau de banane,
Son chien médaillé
Comme un sauveteur
Et s'en va chasser
La zippopotame
Et la souris blanche
En Seine inférieure.
La femme du chasseur,
Dans son grand lit blanc,
La femme du chasseur
Accueille son amant :
Bonjour mon grand !... »

Heureusement qu'au fond du prétendu salon où je devais attendre, il y avait une petite table avec plein « d'illustrés ».

On ne disait pas « bandes dessinées », à l'époque. Martin Veyron n'avait pas encore reçu le grand prix de la ville d'Angoulême, il commençait à peine à faire des pâtés. Mon père détestait les « illustrés », il ne prononçait le mot que sur un ton dégoûté. Moi, je trouvais ça plutôt marrant. Des histoires d'aviateurs et de parachutistes, de braves Américains encerclés sur une île des Philippines par de vilains Japs aux dents jaunes. Je percevais alors la Seconde Guerre mondiale comme un épisode lointain de la Guerre des Gaules. Depuis, j'ai eu tout le loisir de comprendre que ça se passait hier soir.

Des histoires de cow-boys et d'Indiens aussi. Je me replongeais régulièrement, chez le coiffeur pour chasseurs, dans les aventures de Kit Carson. Ce nom me plaisait beaucoup, il sonnait comme trois coups de colt Frontier. Kit Carson. C'était un *scout*, un éclaireur. Je ne savais pas trop ce qu'il éclairait et il n'était pas trop bien dessiné, mais bon. Chez mes grands-parents, une chambre désaffectée regorgeait de trésors. Des vieux vêtements, des jouets déglingués, et surtout un grand lit-cage, replié, qui servait de monture à Kit Carson. Je le sellais avec une couverture et je l'enfourchais en posant le pied sur un ressort. Ce mustang était un peu haut et un peu large, mon assiette tenait du grand écart, mais j'arrangeais tout avec les dialogues et les costumes. Je tenais pratiquement tous les rôles. J'avais massacré, tordu, piétiné un vieux Fléchet de Grand-père pour le faire ressembler vaguement à un Stetson.

— Shérif ! Kit Carson est de retour !

— Ce bon vieux Kit ! Descends de cheval et viens prendre un verre, ça fera plaisir à ma fille...

En effet, Kit Carson était amoureux de la fille du shérif. Les autres auraient choisi d'être amoureux de la fille d'un riche éleveur qui se serait approprié tous les pâturages du Montana ou du Wyoming, mais Kit Carson était le fils d'un maître d'école austère et consciencieux, il préférait rester dans la légalité.

Je sautais prestement de cheval, un peu trop prestement parfois, j'ai souvent failli me faire écraser par le lit-cage.

Une robe de Grand-mère accrochée par les épaulettes à deux patères d'un perroquet, une vieille robe d'avant la Guerre des Gaules, noire à pois blancs, tenait le rôle de la fille du shérif. Un peu plate, mais très douce au toucher. Genre Grace Kelly dans *Le train sifflera trois fois*.

Malheureusement, Grand-mère interrompait souvent Kit Carson dans ses aventures pour lui proposer une tartine de confiture d'abricots.

[Sartre adorait les westerns et Beauvoir pas trop.

— Castor, ce soir je vous emmène au cinéma.

— Pas pour voir un western, j'espère...

— J'aimerais bien parvenir à vous faire comprendre, Castor, que le western est l'ultime forme contemporaine de la tragédie grecque, le fatum, tout ça...

— Vous exagérez, Sartre. Nous avons déjà vu deux tragédies grecques la semaine dernière. Ce soir, je vais plutôt aller au cabaret avec le petit Bost.

(À propos de westerns, je suis plutôt de l'avis de Sartre, mais, souvent, je comprends les réticences de Beauvoir.)]

Quand je n'étais pas Kit Carson, j'étais un vieux chef sioux. Le bâton de chef scout d'un oncle (on était tous plus ou moins éclaireurs dans la famille), agrémenté de quelques plumes de canard, me servait de lance. Je me suis d'abord appelé Red Nose, mais, quand j'ai compris que ça signifiait Nez Rouge en anglais, cela ne m'a pas paru compatible avec ma dignité, et j'ai opté pour Aigle Terrifiant. Je ne prononçais que des paroles mémorables comme : « Homme blanc parler avec langue fourchue », ou « Ami, mon cœur s'élève comme un faucon ». Je concluais toujours par : « J'ai parlé ! » Ça contrariait pas mal les autres, au Conseil. En fait, je n'étais pas si vieux que ça. Il y avait dans la tribu une jolie petite squaw qui ressemblait à Nathalie Wood, qui me souriait tout le temps et m'apportait mes mocassins en peau de daim quand je sortais de mon tipi. Le tipi, c'était le perroquet enveloppé dans la couverture qui servait de selle au cheval de Kit Carson.

Quelquefois, j'ai essayé de jouer avec les autres, des voisins, des cousins, des cousines. Ils n'entraient jamais dans les rôles. Un de mes cousins voulait absolument être le marshal Wild Bill Hickock (ou Hitchcok ?) dont il prétendait qu'il tirait beaucoup plus vite que Kit Carson. Les autres veulent toujours tirer plus vite que vous.

Une cousine avait reçu à Noël une petite valise avec un stéthoscope, des flacons de médicaments et des seringues. Elle ne voulait jouer qu'au docteur. J'aimais bien. Mais elle ne voulait jamais que je sois le docteur : elle avait peur d'être auscultée.

Les filles, c'est comme les autres.

J'avais été invité à un après-midi costumé chez des notables du village et ma mère s'était escrimée pendant toute une semaine à me fabriquer un costume d'Indien.

— Tu pourrais choisir quelque chose de plus simple.

— M'man, s'il te plaît...

Je voulais absolument être un Indien. J'avais tort. Ma mère se faisait des Indiens une idée encore plus tordue que les scénaristes d'Hollywood. D'abord, elle avait sacrifié une vieille robe de chambre en satin pour me coudre une tunique et un pantalon. Un pantalon avec des galons sur les côtés, comme les tenues de cérémonie des élèves de première année de l'École militaire.

— Les Indiens ne portent pas de pantalon, M'man !

— Ils vont au bal costumé en slip, peut-être ?

La tunique, ça allait encore. Effrangée sur le bas.

Mais elle avait rajouté des espèces d'épaulettes en velours grenat, du genre tenue de sortie des officiers du 7e de cavalerie.

— Il n'y a pas d'officiers, chez les Indiens ?

— Non, M'man...

Je n'ai pas dit que la robe de chambre en satin était rose. Enfin, rose saumon, mais rose quand même.

— J'ai une idée pour le chapeau à plumes.

— C'est pas un chapeau, M'man. C'est une coiffe de cérémonie !

— Ne t'en fais pas, tu verras, tu seras formidable !

L'idée qu'elle avait eue pour le chapeau, c'était le pompon. Un bonnet de police. Une sorte de calot d'adjudant, que mon père avait porté pendant la Guerre des Gaules, dans la Sécurité Civile, avant de prendre le maquis, parce que, bien que très travailleur, il était réfractaire au Service du Travail Obligatoire. Elle avait doublé le revers d'une bande du même velours grenat sur laquelle elle avait cousu des plumes d'oie. La forme ordinaire du bonnet faisait que les plumes se rejoignaient toutes par le haut. Ma coiffe de cérémonie tenait du plumeau.

J'espérais au moins pouvoir faire diversion avec une lance rutilante, un tomawak, un arc et un carquois. Mais mon père était contre. Il pensait qu'un poignard en plastique à la ceinture suffirait.

Quand je me suis pointé à la fête, la fille aînée

de la maison, une vieille d'au moins douze ans, s'est mise à pouffer de rire, une main devant sa bouche, et a aussitôt alerté ses petites sœurs qui se sont mises à pouffer à leur tour.

J'étais l'Indien le plus ridicule jamais aperçu des deux côtés du Pecos.

C'est à ce moment-là que me vint l'idée de me suicider en public. Je me saisis de mon poignard et me l'enfonçai droit dans le cœur. Les filles s'éparpillèrent en criant, s'attendant à voir le sang jaillir de ma poitrine.

Or, par un habile procédé, invention d'un régisseur de théâtre astucieux ou d'un accessoiriste de films d'aventures, la lame de mon poignard était rentrée dans le manche.

Les garçons, fascinés, m'empruntèrent l'un après l'autre mon surin à ressort, jusqu'à ce qu'un Zorro d'opérette parte carrément avec. J'abandonnai dans un coin mon bonnet de police à plumes et l'après-midi ne fut pas désagréable, je finis par oublier mon costume en robe de chambre de satin rose. Il y eut des jeux de société, chaises musicales et concours de quadrille.

Naturellement, je dus revenir le lendemain récupérer ma coiffe ; mon père tenait à son bonnet. Les sœurs me reçurent avec des sourires ironiques. Oui, on allait me le rendre, leur mère avait mis de côté le plumeau du grand chef.

Les filles, soit elles se moquent de vous, soit vous leur faites peur.

Il y en avait une qui n'avait pas froid aux yeux, c'était la fille d'un autre maître d'école. Une effrontée, si vous voyez ce que je veux dire. Elle devait avoir près de neuf ans, j'en avais six. Elle m'avait expliqué que le Père Noël n'existait pas et comment on faisait les enfants. Je n'avais cru ni l'un ni l'autre de ces bobards.

J'ai toujours eu un peu tendance à croire au Père Noël. (Même après en avoir vu *deux* dans un grand magasin, à Lyon, pendant « les fêtes ».) Sans être vraiment dupe pour autant, remarquez. Mais, quand on écrit, on écrit toujours plus ou moins au Père Noël...

Un jour, elle avait baissé sa culotte Petit Bateau, elle voulait absolument que je touche sa petite fente, à l'entrejambe. Je n'étais pas pour. J'avais déjà vu mes petites cousines faire pipi et je ne voyais pas l'intérêt. En plus, j'étais un garçon « soigneux », comme disait ma mère aux voisines. Je me lavais régulièrement les mains. Pas du tout comme Ponce Pilate, non, pour avoir les mains propres. Hubert Beuve-Méry, le premier grand patron du journal *Le Monde*, aurait un jour déclaré : « Ils ont les mains propres, mais ils n'ont pas de mains. » C'était pour expliquer que, dans la vie, il fallait savoir faire des concessions, se salir les mains, quoi. Je n'ai jamais tellement aimé les concessions. J'ai des mains et elles sont propres.

Bon, quelques mois plus tard, la fille de l'autre

maître d'école me prend au dépourvu dans un coin du préau, colle ses lèvres contre les miennes et glisse sa langue dans ma bouche. Ça ne m'a pas paru extraordinaire, ce truc, mais, tout de même, c'était la première fois que je sentais une autre langue. La mienne, je n'y faisais pas vraiment attention, sauf quand je devais absorber des cuillerées d'huile de foie de morue (c'était bon pour la croissance, à l'époque) et qu'elle restait engluée un moment, à me refiler le mal de mer comme si j'étais à bord d'un hauturier en mer d'Islande.

À part ça, c'est génial, une langue.

Plus tard, j'ai connu mon premier vrai baiser. Miraculeux. Je ne sais plus avec qui. Mais la douceur des lèvres, l'échange douceâtre des haleines tièdes, l'anguille voluptueuse de la langue, le cœur qui bat juste un peu trop fort. Bien mieux que mon pouce. (Je suis resté très longtemps au stade oral. Après je suis passé directement à l'écrit.)

— Ce gosse est mal formé !

Ça, c'est mon père. Il s'adresse à ma mère. Il a l'air très agacé. Non seulement son fils manque singulièrement de vivacité en mathématiques, mais encore il est anormal. Cela fait des heures qu'il me fait monter et descendre le petit chemin qui mène au minuscule jardin jouxtant l'école.

— Stop. Tiens-toi droit. Viens lentement vers moi.

Il est accroupi. Il mesure mes tibias, mes genoux avec un mètre de tailleur.

— Redescends. Stop.

J'ai un genou plus gros que l'autre. Le gauche. Il frotte contre le droit, parfois il se bloque et je me couronne les deux sur le gravier de la cour de récréation.

J'ai dix ans et demi.

On va m'opérer. D'une exostose (tumeur osseuse bénigne).

Dans un hôpital lyonnais dont tout le personnel

soignant, à l'exception des chirurgiens, est composé de bonnes sœurs qui ont connu la Guerre des Gaules. À poigne, les bonnes sœurs. Deux d'entre elles me soulèvent par les bras et m'entraînent dans la salle d'opération où elles me ficellent, plus mort que vif, sur une table. Et me collent sur le nez un masque imbibé d'éther. J'ai juste le temps d'apercevoir le chariot, poussé par une autre bonne sœur, chargé de scies, rabots, varlopes, tronçonneuses... La chirurgie osseuse n'a pas connu de vraie révolution depuis Ambroise Paré. Je m'endors sur l'impression d'être sauvagement attaqué par une troupe de menuisiers sanguinaires.

Au réveil, c'est encore pire. Mon lit est en perdition, en pleine tempête, au milieu de l'Atlantique nord. Un épouvantable mal de mer. Lorsque j'en émerge enfin, je suis très en colère. Comme je n'ai pas vu le chirurgien, j'en veux spécialement aux bonnes sœurs. Je commence par les dessiner. À charge. Puis, toujours au crayon sur un cahier d'écolier, j'entreprends de narrer mes incroyables aventures : l'attaque sournoise des apprenties menuisières, l'embarquement pour Cythère, Charybde et Scylla...

Ça fait rire.

Même mon père, qui tente de le dissimuler. Un léger sourire qui perce sous l'air sévère le trahit. Il se dit que ce gosse est anormal, mais qu'il a peut-être une once de talent.

Pour moi, c'est une véritable révélation : il est

plus intéressant et plus gratifiant de raconter la vie que de la vivre.

Je serai écrivain.

À partir de là, après avoir bénéficié d'un mois de lecture intensive pour cause d'immobilisation forcée (il paraît que l'immobilisation forcée est à l'origine de la plupart des vocations d'écrivain), je vais prendre doucement l'habitude de me promener en touriste dans ma propre vie. Cela me jouera plus d'un mauvais tour. Mais je parviendrai presque toujours à en tirer quelque plaisir a posteriori, par une habile transmutation des choses et des êtres, y compris de l'auteur lui-même.

(« On étouffe ici, suggérait Alphonse Allais, permettez que j'ouvre une parenthèse » :

Je n'ignore pas que lorsque vous trempez, ne serait-ce qu'un orteil, dans l'océan de l'humour, vous n'êtes plus pris au sérieux que par quelques lecteurs d'élite, mais je tiens à introduire ici un très court paragraphe théorique. Tout discours critique sur l'autobiographie, l'autofiction, le narcissisme et le nombrilisme, opposés au prétendu vrai roman, relève de la plus haute fantaisie. L'imagination des plus grands créateurs, si ce n'est celle du Créateur lui-même, est très limitée. Elle consiste essentiellement à réunir deux ou trois éléments qui n'ont pas l'habitude de se côtoyer pour créer une idée, une image, une molécule, une sentence *nouvelle*. On peut tirer quelque chose de distrayant et d'instructif en juxtaposant deux mots qui, séparément, sont à peine crédibles dans les dictionnaires. Mais l'essentiel est ceci : tout roman est nécessairement biographique, fondé sur des éléments d'expérience ou d'observation transposés. Inversement, l'écriture n'étant jamais qu'une forme de transposition, toute biographie est un roman. Et l'autobiographie est vraisemblablement la forme de littérature la plus romanesque.)

Dans cette course à rebours vers le plus petit dénominateur commun que l'on appelle Études, (neuvième, huitième, septième... première, après on est dans le zéro, on a plus qu'à tout recommencer dans l'autre sens), je suis entré en sixième.

Pensionnaire. Dans un vieux lycée. Le premier lycée laïc de France, fondé par un cardinal, à la demande de Sully lui-même. Vous savez, Sully, le Premier ministre de l'époque. Style Henri IV. Les deux mamelles, élevage et pâturage. La poule au pot tous les dimanches. Au réfectoire, c'était plutôt mouton aux haricots. Et, côté discipline, la période où l'établissement était devenu collège de jésuites avait laissé des traces dans les vieux murs. Dimanches de colle à la pelle. Pour des trucs nuls. « Anatole Berthaud a bavardé dans les rangs » : un dimanche. Mon père doublait la peine. Je restais trois semaines en pension complète. Mouton aux haricots. Et copier cinq cents fois « Le lycée a pour devise *Mens sana in corpore sano*, on n'y bavarde pas dans les rangs ».

Le Bill faisait régner la terreur. C'est le surnom que portait le Censeur, redoutable personnage à la taille et à la carrure impressionnantes. Cet ancien rugbyman avait maigri en prenant de l'âge, mais son squelette était intact et soutenait ses amples costumes prince-de-galles aux vestons croisés. Son pas était assuré et ses mocassins noirs impeccablement cirés. Ses yeux gris vous glaçaient d'effroi. Vous aviez l'impression que, rien qu'en vous regardant, le Bill savait combien d'heures de colle vous aviez collectionnées depuis le début de l'année et quelle était la moyenne de votre dernier bulletin trimestriel. Quand il descendait de son bureau pour traverser la cour plantée de platanes quadricentenaires, même les pions avaient peur de lui. Après son départ, ils se vengeaient sur nous. L'un d'eux avait les pieds plats et sautillait au lieu de marcher tout en se faisant passer un gros trousseau de clés d'une main dans l'autre. De temps en temps, sous prétexte que vous bavardiez ou que vous n'étiez pas parfaitement aligné dans les rangs, il vous balançait son trousseau à la tête. En principe, vous étiez sur vos gardes : vous évitiez le trousseau de justesse. Il vous obligeait alors à le lui rapporter.

Il y avait un petit pion brun qui portait de minuscules costumes trois pièces et glissait toujours une main dans son gilet, comme Napoléon.

Il y avait un myope qui préparait une licence d'histoire et géographie depuis des années. Ce n'était pas sa faute. Il était tellement myope qu'il touchait carrément les pages avec son nez en essayant de lire. Il aurait loupé un éléphant grandeur nature sur une carte d'Afrique au vingt-cinq millième. Ce vieux pion n'était pas le moins dangereux : en cas de chahut, quand il balançait sur nous ses yeux grossis dix fois par les énormes verres de ses lunettes, il ne pouvait pas nous distinguer, alors il punissait au hasard en collant son nez sur le cahier de présence.

Le Proviseur, un petit bonhomme à moustache de type Einstein, ne faisait pas le poids. On savait bien qui était le patron. Le Bill. De temps en temps, nous appelions ce dernier « Poilu quant aux oreilles », parce qu'on venait de voir le quant avec un t en cours de français. Et parce que d'énormes touffes de poils gris, presque aussi impressionnants que ses yeux, lui sortaient des portugaises.

J'étais timide à l'époque, mais je ne savais pas baisser les yeux. Je pensais qu'un regard franc rendrait compte de ma totale innocence. « Mais ce garçon me regarde avec insolence ! » Un dimanche...

Je me disais qu'un jour, une fois le bac en poche, je rencontrerais le Bill dans une rue de la vieille ville, je m'arrêterais au milieu de la chaussée, les jambes légèrement écartées, les bras détendus le long du corps, les poignets souples et je le laisserais s'approcher – « Hé ! Bill ! Souviens-toi d'Anatole Berthaud ! » – et je lui déchargerais dans le ventre tout un barillet de colt Peacemaker. Six balles.

Je l'ai effectivement rencontré dans une rue de la vieille ville, bien des années plus tard. Il avait toujours ses pompes impeccablement cirées, mais son squelette ne tenait plus qu'à peine ses vieux costumes prince-de-galles, on aurait dit un vieux trois-mâts tourmenté par la tempête. Je lui ai dit : « Bonsoir, M'sieur ! » C'était tout de même un type qui parlait le latin couramment.

J'avais cru un temps que mon grand cousin pourrait me protéger, mais il était trop occupé à faire le joli cœur : pour des raisons d'effectifs insuffisants, certaines classes de terminale étaient mixtes. Il s'appelait malencontreusement Gilbert Berthaud et ses condisciples – on dit comme ça – l'avaient d'abord surnommé Berbère, puis Bébert. Quand j'avais débarqué en sixième, il était devenu le Grand Bébert et moi le Petit Bébert. Bientôt, la mode était déjà à l'anglo-saxon, on m'appela Beb's. Je préférais. J'étais en troisième lorsque mon frère arriva en sixième. Je devins Grand Beb's et lui P'tit Beb's. Mais, pendant toute la période « Bébert », j'étais fou de rage. J'aurais pu tuer. Je ne supporte pas les diminutifs. Les autres font tout pour essayer de vous diminuer.

Un gamin, fils de toubib, avait cru pouvoir décréter que je possédais un crâne en forme de ballon de rugby et il passait tout le temps des récréations à me tourner autour en sautant d'un pied sur l'autre, en scandant : « Bébert, la tête en ballon de rugbert. » Pendant plusieurs semaines, j'ai bu la ciguë de l'humiliation, de la tristesse et de la colère. Et, un matin, j'en ai eu marre. J'ai marché sur lui, d'un pas ferme et tranquille. Il sautillait toujours en psalmodiant, il a fait quatre fois le tour d'un platane et puis la cloche a sonné, nous devions retourner dans notre salle d'étude prendre nos affaires pour les cours de la matinée. Je marchais toujours sur lui. Parvenu près de son casier, le pion était à trois mètres, il a cru pouvoir me narguer encore. Je lui ai mis sur le nez le plus beau direct du droit de ma carrière.

Trois dimanches. Mais ces dimanches-là, je ne les ai pas regrettés. Je crois même me souvenir qu'au réfectoire j'ai repris plusieurs fois du mouton aux haricots.

Les autres, il ne faut pas hésiter à leur en imposer.

Ça marque, la pension. (*— Je sors de pension... — Vous avez pris combien ? — Sept ans !*) Des décennies plus tard, on a un pincement au cœur en repassant devant son vieux lycée, toujours peur de prendre un dimanche. Pour des vétilles. Tous les vieux pensionnaires connaissent ça. Naturellement, les autres n'étaient pas dans le même lycée. Le leur était plus ceci, plus cela. À côté du lycée de filles, paraît-il. Ils faisaient le mur tous les soirs, vous voyez le plan : « Orgies au dortoir des filles de quatrième, scène IX, quinzième prise »...

Moi, je n'ai jamais fait le mur. Il était beaucoup trop haut, et couronné de tessons de bouteille. Et le lycée de filles se trouvait beaucoup trop loin, un simple aller et retour m'aurait pris toute la nuit.

Il y avait les demi-pensionnaires, qui rentraient dîner et dormir chez eux tous les soirs. Une sous-espèce. Et puis les externes, qui sortaient midi et soir, quasiment des étrangers. On avait très peu de rapports. À peine quelques échanges commerciaux à la frontière. Ils nous faisaient passer des cigarettes à travers la grille d'entrée pendant que le concierge essayait de déclencher la sonnerie électrique installée depuis peu. Brave homme, le concierge, mais il avait fait toute sa carrière avec une cloche acoustique, l'électricité ne le branchait pas.

Parmi les anciens pensionnaires, vous en trouverez qui vous assureront que ce n'était pas si terrible que ça, et certains prétendront même avoir passé au lycée les meilleures années de leur vie. C'est tout les autres, ça. Jamais complètement d'accord avec vous. Toujours à s'efforcer de penser le contraire de ce que vous pensez. Par pure bêtise, si vous voulez mon avis.

Encore pire que les dimanches de colle en pension, il y avait les dimanches à la maison. Toujours à l'école.

Ça commençait pourtant bien, généralement. Croissants, brioches et pain de mie encore tiède au petit déjeuner. La messe obligatoire était encore supportable parce que c'était une occasion de voir des filles, endimanchées, avec leurs petites socquettes blanches et leur petit missel en cuir fauve... Le déjeuner n'était souvent pas mal non plus. Poulet, pommes dauphine, gratin d'aubergines. Ma mère cuisinait comme sa mère, sa grand-mère et son arrière-grand-mère l'avaient fait avant elle, plutôt bien. Avec beaucoup de sauce. Au beurre. La revanche sur des siècles de régime châtaignes.

Mais très vite on tombait dans le dimanche après-midi. Le temps se gâtait, le jour déclinait, votre serviteur également, et le lundi matin se profilait à l'horizon, avec son vieux car dans le froid de la nuit, le franchissement sans retour de la grille du lycée. Pour une semaine, dans le meilleur des cas.

Le dimanche soir, sur lequel le lundi noir empiétait déjà, débutait souvent par le potage de vermicelles au jus du poulet du déjeuner. Mon père se mettait à table avec un visage encore plus fermé que d'habitude. Il avait joué aux petits chevaux dans la matinée – pendant l'heure de la messe. Il croyait en Dieu, ou plutôt il pensait que Dieu croyait en lui et leurs relations se faisaient sans cérémonie. Et pourtant Belle de mai, cotée à quinze contre un, s'était foulé un sabot, ou alors elle avait été battue d'un naseau... Il prenait le vieux transistor sur le buffet et le plaçait à côté de son assiette pour écouter les résultats sportifs. « Sochaux bat Valenciennes deux zéro ; Lens bat Laval trois un. » Merde. Mon père était pour Laval. Ou pour Lens, mais alors c'était Laval qui avait gagné. Il éteignait la radio, mangeait sa soupe à cuillerées régulières, sans lever la tête, et je commençais à compter les secondes qui me séparaient de la tragédie du dimanche soir. Invariablement la question rituelle allait tomber, proférée d'un ton froid, apparemment désintéressé :

— Qu'est-ce que tu as vu en maths cette semaine ?

À l'époque, on écrivait les maths avec un s. Je me suis laissé dire qu'un innovateur ministériel, un frais émoulu des écoles – un de ceux qui chaque année reprennent en main les choses de l'éducation nationale avec le sentiment de plénitude, la satisfaction profonde et la joie inaugurale de remettre le monde dans le bon sens –, avait pondu une circulaire, distribuée à des tonnes d'exemplaires, comme quoi il fallait désormais écrire les maths sans s. Mais je ne voudrais pas gaspiller du papier à mon tour, je reviens à la question du dimanche aux vermicelles.

— Qu'est-ce que tu as vu en maths cette semaine ?

— Qui, moi ? En quoi ? Cette semaine ?

Je n'avais rien vu en maths cette semaine-là. Le prof était malade. Le concierge n'avait pas réussi à lancer la sonnerie électrique, la moitié de la classe avait attrapé la myxomatose, à cause du fils du notaire, chasseur notoire, on n'avait pas eu cours...

— Eh bien, nous allons revoir le programme de la semaine précédente. Descends dans la classe, je te rejoins.

— Laisse-le au moins finir sa soupe, disait ma mère.

Je l'appelais muettement à l'aide en écarquillant les yeux. Une petite lueur compatissante passait dans son regard, mais, incapable de s'opposer à mon père, elle en concevait quelque mauvaise conscience ou quelque amertume et finissait par se retourner contre moi.

— C'est ta faute aussi, si tu travaillais plus sérieusement...

— Au tableau !

Lui s'asseyait tranquillement à un pupitre d'écolier, en travers à cause de ses longues jambes, l'air contrarié comme si c'était moi qui lui infligeait une punition. Algèbre. Ou géométrie.

Le même innovateur ministériel évoqué plus haut a dû sévir à nouveau parce que j'ai constaté sur le cahier de Léo, huit ans, qu'un triangle a trois « sommets ». Si un triangle a trois sommets, pourquoi ne pas l'appeler « trisommet » ? Vous pouvez me croire, tous les sommets finiront par être atteints. J'espère que ça finira par m'être équilatéral.

Au tableau. « La géométrie, c'est la science des ânes », disait mon père. Il avait ses formules, comme ça.

C'était de la géométrie à plat. Je préférais la géométrie dans l'espace – mon côté rêveur.

J'étais tellement terrorisé à l'idée de ne pas savoir résoudre le problème que je commençais par ne pas écouter l'énoncé. Et si, par extraordinaire, j'avais écouté l'énoncé, si je l'avais compris, et si je connaissais la réponse, je me gardais bien de la donner. Une bonne réponse ne m'aurait valu aucun compliment, mais une mauvaise aurait déclenché sa colère. Je restais pétrifié comme l'explorateur qui s'est laissé surprendre par la nuit polaire et qui attend la mort.

— Tu ne vois pas ?... Tu ne vois pas !

Il finissait par s'extirper de son pupitre, se retrouvait sur l'estrade en un dixième de seconde, m'écartait, se saisissait d'une craie et résolvait le problème à ma place en deux temps trois mouvements, jetait la craie dans la rainure prévue à cet effet, se frottait violemment les mains. Avis de tempête tropicale tournant cyclone.

— Tu ne comprends pas ça ?

— Si... C'est évident...

— Évident ?

Ça le tuait, le coup de l'évidence, il frisait la crise d'apoplexie.

— Je ne veux plus te voir, monte te coucher !

Au moins je n'avais pas dû finir mon potage aux vermicelles.

Le Bill n'était pas le seul à parler couramment latin. Et je ne vous raconte pas des histoires du dix-neuvième siècle, c'est beaucoup plus récent que ça. Il y avait quelques professeurs de français-latin-grec qui s'y entendaient aussi et qui ne fréquentaient guère leurs collègues, surtout pas les profs d'anglais, qu'ils trouvaient assez vulgaires. *Asinus asinum fricat,* comme ils disaient. Ce maigrelet serré dans un éternel imperméable marron, le crâne chauve garni d'une demi-couronne de cheveux blancs, avait un port de tête digne d'un vieux sénateur romain, genre Caton l'Ancien. Il venait tous les matins à pied de son vignoble, à quatre kilomètres du lycée, son vieux cartable de cuir sous le bras. Dans sa classe, le premier avait dix sur vingt, le deuxième neuf trois quarts. Il rendait toujours les copies de dissertation selon le même rituel : il appelait un nom, annonçait une note et ricanait : « Tenez, mon p'tit canard, je vous rends votre tisane fadasse, tiédasse et sans sucre. » On devait apprendre par cœur des pages entières de Rabelais, en vieux *françois*.

Cet autre était tout aussi déconcertant, mais moins régulier. Il oubliait de se peigner, de boutonner sa chemise, il égarait son cartable. Un condisciple qui était allé chez lui pour des cours particuliers prétendait qu'il corrigeait les copies en les lançant du haut d'un escalier et les notait en remontant, diminuant d'un point à chaque marche. On était prêts à le croire. Enfin, quand même... Et puis un jour il est arrivé en classe en pyjama. Le Bill en personne est venu le prier de le suivre. On ne l'a plus jamais revu.

Dans les autres matières aussi, il y avait des profs marrants. Un prof d'histoire, notamment, nommé Merle. Il partait dans de grandes tirades sur l'Empire romain, s'arrêtait soudain et se mettait à déambuler dans les rangées en sifflotant. Je fis remarquer un jour, à voix insuffisamment basse, qu'il sifflait comme un merle...

— Qui a dit ça ? Si personne ne se dénonce, je mets zéro à tout le monde.

Je lève timidement le doigt en imaginant les

dimanches qui s'envolent comme les feuilles des calendriers éphémérides dans les films qui veulent montrer le temps qui passe.

Il se tourne vers le responsable en charge du cahier de classe :

— Mettez-lui vingt.

— Vingt ?

— Vingt !

L'anecdote fait fureur à la récréation et se répand dans toutes les classes.

Le lendemain, un petit malin – les autres se croient toujours plus malins – veut rééditer le coup.

— M'sieur, vous sifflez comme un merle !

— Mettez-lui un zéro.

Une autre fois, il nous avait mimé la mort de Socrate, allongé sur son bureau, avec soubresauts et tout.

J'étais à l'époque affligé de ce type de lèpre, assez commune, qui consiste à vouloir absolument être aimé. Comme je n'étais pas du tout du genre chef de bande, capitaine de l'équipe, pas du genre à parler fort, à me promener le pénis en avant, ni même à me gratter les testicules en proférant des sentences imbéciles, pas du tout amateur de chansons paillardes, j'avais opté pour la plaisanterie chic. Gags, sketchs, imitations, surnoms drôles pour les profs et les pions étaient devenus ma spécialité. Appréciée. Je faisais rire.

Un jour, je fais un pari dans les rangs, juste avant d'entrer en composition de récitation. On devait tirer un des petits papiers pliés dans le chapeau du prof : soit un poème français, soit un texte latin. Je parie que si je tombe sur un discours de Cicéron, la première ou la deuxième « Catilinaire », je le dis en imitant le général de Gaulle. Cicéron était un sénateur romain réputé pour ses discours. Catilina était consul de Sicile. (La Sicile était déjà pour Rome ce qu'est la Corse aujourd'hui pour Paris, une province compliquée. Catilina en profitait outrageusement : vrais faux passeports, emplois fictifs, abus de biens sociaux, enrichissement personnel.) Ça commençait comme ça : « *Quo usque tandem, abutere, Catilina, patientiam nostram ?* » Ce qui signifie à peu près : « Jusques à quand, Catilina, vas-tu abuser de notre patience ? »

Je tombe là-dessus. Tout le monde retient son haleine. Je tiens parole : tout le monde se marre. Mais je connais bien le texte et le prof joue le jeu.

— Bien. Mais je souhaiterais que vous fassiez désormais plus souvent en classe la preuve de votre éloquence.

Il me met un dix-huit. Gros succès. Tout juste si on ne me demande pas des autographes à la sortie. Après, bien sûr, vous vous retrouvez tout seul dans votre loge, comme tous les grands artistes.

Les autres, vous vous tuez à les faire rire et ils vous prennent pour un clown. Vous comprenez ce que je veux dire. Les sociétés ont toujours méprisé leurs artistes, tout en les couvrant de fleurs.

Parmi les condisciples, on comptait plusieurs phénomènes, dans des spécialités diverses. Un Cavalier, familièrement appelé Caballero, qu'on ne voyait jamais travailler et qui ramassait les premiers prix à la pelle. Il passait toutes ses heures d'études à lire des romans policiers. Sur ses genoux, sous le bureau. Plutôt bougon, souvent de mauvaise humeur. Intelligent. Pas le genre à parler pour ne rien dire. Un surdoué. Il est devenu commissaire divisionnaire dans une brigade financière. Ce ne sont pas les surdoués qui manquent, ce sont les débouchés.

Les filles, ça finissait par devenir un problème. Plus qu'un sujet de curiosité. Un mystère. Une inquiétude.

Sans compter que, parfois, les filles, c'est presque pire que les garçons. Souvent plus réalistes, voire plus crues. Des saintes-nitouches qu'on aimerait tellement pouvoir toucher et qui s'envolent en piaillant comme les moineaux des platanes dès que vous faites un pas. J'avais reçu une lettre anonyme en provenance du lycée de filles. Du type : « Tu sais que tu es mignon, toi ? Tu dois avoir une grosse bitte ! » Je vous jure. Signé : « Des amies qui te veulent du bien ». J'avais failli m'évanouir. D'abord, je n'avais pas du tout une grosse bitte.

Et le seul mot me faisait horreur. J'étais terriblement pudique, et partisan fanatique de l'Amour courtois.

Dans les douches communes, les autres, les fiers-à-bras, les vrais mâles, les *rugbymen* (je jouais pourtant aussi, deuxième ligne droite, numéro cinq), affectaient de ne jamais tirer le rideau de leur cabine dont ils ressortaient en exhibant leur truc pendouillant. Moi je ne sortais de la douche que furtivement pour plonger dans ma serviette de bain. J'aurais même souhaité pouvoir installer un second rideau.

Vous savez sûrement comme moi, enfin j'espère, que les petites bittes, comme ils disent, grossissent proportionnellement davantage que les grosses. Si bien qu'au repos j'étais plutôt au-dessous de la moyenne, mais pas mal placé en érection. Seulement je ne pouvais pas sortir à chaque fois en érection. Surtout que l'eau n'était pas très chaude.

La première fille qui, en caressant mon sexe, a fait surgir une petite fontaine d'humeur laiteuse, je ne m'en souviens plus. Ce devait être moi. Comment j'avais appris, je ne sais pas non plus. L'instinct, la génétique, comme pour les oiseaux qui savent construire un nid alors qu'ils n'ont pas vu leurs parents fabriquer celui où ils ont éclos. J'avais quand même vu des choses, il faut dire.

Un nommé Lacaille était venu me réveiller, une nuit au dortoir, pour me convier à une sorte de réunion près du lit d'un type de troisième. Un grand malabar, couvert de poils partout, déjà complètement adulte. (Les arbitres des matches de rugby demandaient à voir sa licence pour vérifier qu'il n'était pas déjà senior.) Il était en train de se faire masturber par un aréopage de petits jeunes imberbes comme moi.

Je dois avouer que j'avais été fasciné par son membre. Une espèce de tour Eiffel plantée au milieu d'un champ de blé noir jamais moissonné. Il écarta un môme en lui reprochant de ne pas savoir faire, me regarda et me suggéra d'essayer.

— Je ne sais pas faire non plus...

La tour Eiffel, le champ de blé noir, ça ne me disait pas grand-chose. Et puis le pion pouvait se réveiller. Le motif de « masturbation nocturne en réunion », ça pouvait chercher dans les combien ? Quatre, cinq dimanches ? Et je pouvais imaginer la tête de mon père. Je regagnai mon lit.

Lacaille vint me rechercher un autre soir. Il y avait une nouvelle réunion. J'étais en train de lire à la lampe de poche, sous mes couvertures arrangées en tente de montagne.

— Non, je suis en train de lire. Un bouquin passionnant.

— C'est quoi ?

— *L'Idiot*.

Quand je suis arrivé à faire l'amour, complètement je veux dire, c'était avec une prostituée. Gentille.

La plupart des autres vous raconteront qu'ils ont été dépucelés gratuitement par une bourgeoise, une amie de leur mère, une super nana de quarante ans, très bien conservée, avec une poitrine formidable et des porte-jarretelles. Ou par une jeune tante, super bien roulée. Je ne dis pas que ça n'arrive pas. Mais c'est très rare. Moi, mes tantes, enfin, je ne voudrais pas dire du mal de mes tantes... Vous en verrez même qui vous jureront s'être dépucelés tout seuls en sautant la fille du proviseur dans la bibliothèque du lycée. Sans avoir appris. Permettez-moi de rigoler. Je connais la fille du proviseur. La bibliothèque aussi. Non, croyez-moi, à notre époque, la plupart des autres ont fait comme moi.

— Tu as l'air très jeune, c'est la première fois ?

— Oui...

Elle est devenue tout à fait maternelle.

— Ne t'en fais pas, ça va bien se passer, je m'occupe de tout. Mets-toi à l'aise. Tu veux que je te suce un peu avant ?

— Mmmh..., j'ai fait.

Elle a ri.

— Puceau mais déjà gourmand, hein ?

— C'est fait, te voilà un homme !... C'était un peu longuet... Tu sais, quand tu reviendras nous voir, mes copines ou moi, il ne faut pas boire avant.

Peut-être, mais si je n'avais pas bu avant, je ne serais jamais venu la voir.

[Au repos, Sartre avait une petite bitte, susceptible de se transformer en ithyphalle conséquent. J'ignore comment il le nommait, ni de quelle façon Beauvoir y faisait allusion. Je ne sais pas si, dans les alcôves d'agrégés, ça se passe comme dans les salles de garde des carabins. De toute façon, il ne faisait pas de complexe, Sartre, il n'en a jamais fait. Peut-être pas suffisamment, d'ailleurs. Beauvoir était sans complexe, elle aussi. Quand il était en forme, il l'appelait :

— Castor !

— C'est bien, Sartre.

C'était une femme peu impressionnable.

— Dites-moi, Sartre, au fait, la petite jeune fille frêle sur laquelle vous avez salivé toute la soirée d'hier, vous l'avez sautée ?

Elle n'avait peut-être pas dit *sautée.*

— Dites-moi, Sartre. La petite jeune femme de type slave que vous avez enveloppée toute la soirée de salive, vous avez passé la nuit avec elle ?

Non, elle n'avait pas dû dire non plus *passé la nuit avec elle.*

En tout cas, il lui avait répondu :

— Vous me surprenez, Castor. Songeriez-vous par hasard à remettre en cause nos accords ?

— Ne vous méprenez pas, Sartre. Je me soucie seulement de votre santé. Je vous vois travailler comme un forçat sur *L'Être et le Néant*, je comprends parfaitement que vous ayez besoin de récréations. Je crains seulement que vous n'abusiez de vos forces. Ce cœur à l'ouvrage – que vous entretenez à coups de comprimés de Corydrane (je ne serais pas étonnée que ce médicament soit un jour interdit) – finira par vous jouer des tours...

— Soyez sans crainte, Castor, je vais bien. Approchez-vous. Voudriez-vous bien ôter votre fameux turban ?]

Je crois bien que j'ai fini par me trouver satisfait de mon organe en même temps que je découvrais la « coïncidence des contraires », la « complémentarité des opposés », voire leur identité. Il n'y avait pas de yin sans yang, pas de féminin sans masculin, pas de matière sans antimatière, et vice versa. Ni Sartre sans Beauvoir, ni Beauvoir sans Sartre.

On pouvait se sentir en harmonie universelle en se fondant dans une croupe majestueuse. Dans certaine position, il paraît évident que la femme a été conçue comme un violoncelle. D'un côté, c'est une fontaine de jouvence, de l'autre un violoncelle. Nous les mâles, les fiers-à-bras, les champions de l'adrénaline et de la testostérone, nous avons été préposés à l'archet. Jugez de la délicatesse. Sans mode d'emploi. Comment le tenir, comment en tirer une mélodie, le tempo, les blanches, les noires, les soupirs. Rien. Alors, forcément...

L'autre (à d'autres) :

— Je l'ai prise en levrette, et je te lui ai filé de ces coups de piston !

— Ce n'est pas une levrette, c'est un violoncelle. Et ce n'est pas un piston, c'est un archet.

L'autre (aux autres) :

— Qu'est-ce que raconte ce con ?

— Non, rien, excusez-moi. Je parlais d'autre chose. D'un autre monde.

J'ai fini par me faire virer du lycée. À cause des autres. Un nommé Meunier avait piqué à sa pauvre mère – qui tenait un petit restaurant pour routiers – une bouteille de cognac qu'il avait introduite au dortoir des premières. Gros désordre. Je ne sais plus si j'avais bu ou non une gorgée de cette eau de feu, toujours est-il que je m'étais rapidement endormi. Batailles de polochons, cris divers, rires bêtes ne m'avaient pas réveillé. Le pion, si.

Enquête policière à deux heures du matin. Protagonistes en pyjama.

— Qui a introduit de l'alcool au dortoir ?

— Je sais pas, M'sieur, moi j'en ai bu juste un petit verre, c'est tout.

Là-dessus, le pion, qui se montrait de temps en temps d'autant plus sévère qu'il faisait preuve d'habitude d'un déplorable laxisme, s'aperçoit qu'au milieu de ce charivari Anatole Berthaud dort. En plein carnaval, un élève ne peut faire que *semblant* de dormir. C'est donc lui. Lui qui a contourné la prohibition. Qui a livré ses petits camarades aux pires dépravations. Et qui fait semblant de dormir ! L'innocent ! Le coupable ! D'ailleurs, il a déjà un casier.

Alors – vous allez voir comment la fatalité (le fatum) peut s'acharner sur vous quand elle s'y met – il ouvre le tiroir de ma table de nuit, et qu'est-ce qu'il y trouve ? une petite flasque de cognac !

Je vous explique. Depuis que je suis tout petit, depuis toujours, je souffre de toux nocturne que les médecins de Molière ont qualifiée « d'irritation ». À la maison, ma mère se lève au milieu de la nuit pour m'apporter une tasse de lait chaud avec du miel. Au lycée, j'ai des comprimés antitussifs et j'ai pris cette flasque, remplie d'eau, pour éviter de me rendre nuitamment aux lavabos. D'autres médecins ont mis plus de quarante ans pour trouver l'origine de cette toux – un peu tard. D'ailleurs, ils ne cherchaient pas vraiment, sous prétexte que j'étais fumeur. (Comme si j'avais commencé à fumer à un an et demi.)

[— Vous vous rendez compte, Castor, que les retoucheurs de photos officielles m'ont ôté le mégot de la bouche ? Ils ont fait la même chose à Prévert. Ils vont bientôt gommer la pipe de Brassens et le cigare de Churchill.

— C'est scandaleux. À vous donner envie de fumer. Vous verrez, Sartre, qu'après le politiquement correct et le religieusement correct, on voudra nous imposer le médicalement correct.

— Je crains que vous n'ayez tout à fait raison. Au fait, si vous sortez, Castor, rapportez-moi deux paquets de celtiques, ceux qui portent l'étiquette : « Les fumeurs meurent jeunes et nuisent à la santé de leur entourage. »

(Léo Ferré fumait des celtiques, Sartre, je ne sais pas, peut-être des gauloises, comme Prévert, parfois un cigare, comme Churchill. Ils sont tous morts relativement âgés.)

— Il est vrai que les cons meurent souvent tardivement...

— Je vous trouve très drôle, ce matin, Castor. Notez qu'il y a bien pire que le tabagisme passif. L'automobilisme, le chimisme, le radioactivisme passifs. Sans compter le bêtisisme passif. Affreusement cancérigène.

— Vous oubliez la télévision, Sartre. Godard vient justement de faire remarquer qu'on parle de *chaînes*.

— Ah, oui, Godard. Je ne détesterais pas qu'il porte *L'Être et le Néant* au cinéma.]

Conseil de discipline. Des professeurs à tête de professeur tout autour de la table ovale. Le proviseur à tête d'Einstein est assis à l'autre bout, à la place du président, mais c'est Bill, le marshal implacable, qui dirige les débats.

— Anatole Berthaud ! Non, restez debout, s'il vous plaît, cette chaise n'est pas pour vous. Anatole Berthaud, vous avez déjà totalisé cette année cent quatre-vingts heures de colle et vous avez introduit de l'alcool au dortoir, ce qui est absolument impardonnable. Je suppose que vous plaidez coupable.

— Non.

— Non quoi ? Non qui ?

— Non coupable, monsieur le censeur.

Meunier, un brave type, s'est pourtant dénoncé. (Il le paiera cher. Sa mère refusera de continuer à financer ses études. Il finira dans les Postes et Télécommunications.) Les autres, les éventreurs de polochons, n'ont pas levé le petit doigt, trop heureux qu'on ait trouvé des boucs émissaires, même sous forme d'agneaux pascals.

Moi, mon père m'a cru et a tenté de me défendre avec la même rigueur dont il usait pour me punir. On lui a bien sûr interdit l'accès au conseil de discipline.

Mon histoire d'accès de toux nocturne, de pilules et de flacon d'eau claire arrache au Bill un rire sarcastique. (Si vous voulez mon avis, ne dites jamais la vérité toute crue, romancez-la. Un mensonge bien arrangé est toujours plus crédible. Je sais de quoi je parle.)

Viré. À trois semaines du dernier « premier bac ». Oui, j'ai raté le dernier premier bac. Mon père ne m'en a même pas voulu. Il avait ses principes de sévérité, mais ses propres notions d'indulgence. Il a jugé que j'avais été aussi traumatisé que lui par les événements.

Ce n'était pas mon truc, les gros chahuts sans scénario. Avec mon copain Clapotat, nous organisions des célébrations plus drôles, enfin, nous pensions...

Tout le monde avait droit, chaque année, à deux « exercices d'incendie » nocturnes. On nous réveillait à deux heures du matin : nous devions sauter dans nos pantoufles, arracher une couverture à notre lit, nous en envelopper et descendre en file indienne par l'escalier de secours, piétiner cinq minutes dans la cour, puis remonter en suivant le même itinéraire après avoir attrapé un bon rhume. Clapotat et moi avons organisé une année un troisième exercice. En nous répartissant la tâche, nous avons réveillé vivement nos congénères :

— Debout, vite ! Exercice d'incendie ! Le dernier sorti aura un dimanche de colle...

Certains se sont contentés de se retourner et de replonger aussitôt dans les bras de Morphée, non sans avoir grommelé quelque injure à notre intention. Mais la plupart ont sauté de leur lit dans un demi-coma et ont pris la direction de l'escalier de secours, dans leur couverture, en passant devant la cabine du pion. Ce dernier a fini par se réveiller en sursaut.

— Qu'est-ce qui se passe ?

Un fantôme aux trois quarts endormi lui a répondu :

— Y a le feu, M'sieur...

Le pion, brutalement arraché à un cauchemar concernant son agrégation de mathématiques, n'a pas pris tout de suite la mesure des événements. Il a tiré sa couverture et s'est glissé dans la file.

— En ordre et en silence, s'il vous plaît.

Mais il a vite repris ses esprits...

Dans la pénombre du dortoir, on pouvait distinguer nettement, grâce à la lueur de la veilleuse « Sortie de secours », deux lits agités de soubresauts. Ceux de Clapotat et Berthaud, secoués par un fou rire irrépressible.

Deux dimanches. Chacun.

Mais, aujourd'hui encore, quand j'y repense, la vision de cette procession de fantômes avec couvertures me met d'excellente humeur. Il ne faut pas négliger de se payer la fiole des autres, de temps à autre.

Finalement, ces événements tragicomiques m'auraient plutôt libéré. Je suis sorti du Moyen Âge. J'ai refait une classe de première dans un établissement neuf, ouvert, avec un Principal tout aussi inexistant que le Proviseur du précédent, un Censeur exceptionnellement courtois, un jeune Surveillant Général qui avait à cœur de « comprendre les jeunes » qui, après tout, étaient « des êtres humains à part entière ».

Et mixte. Le lycée. Je suis entré dans une période de vie mondaine intense. Responsable du journal trimestriel, du ciné-club et même des sorties au théâtre. Coresponsable, en réalité. Il y a toujours un autre partout. Un prétendu Corse qui s'appelait Paul Bernard, se promenait les mains bien enfoncées dans les poches de sa blouse, en adoptant une démarche traînante. Il mâchait sans arrêt des gommes à la chlorophylle et adressait aux filles des sourires de séducteur professionnel. Ça marchait, en plus. Décourageant. Heureusement, il est parti à la fin de l'année, je n'ai jamais bien supporté les coresponsabilités. Et pourtant, j'ai longtemps eu besoin d'un haut-parleur, d'un fort en gueule qui répétait à voix haute ce que je disais plus bas. Et qui en recueillait les fruits, la plupart du temps.

La mixité a largement contribué à améliorer ma vision du monde. J'ai trouvé les filles plus intelligentes, plus sages, plus nombreuses. Les garçons, en minorité, se plaçaient toujours au fond de la classe. Ça faisait un peu ghetto, mais on avait son sens de l'honneur, pas question de lécher les bottes des profs, de les écouter les bras croisés en ayant l'air fasciné par leurs propos. Plutôt la mort qu'une place au premier rang.

Un peu snobs, les filles, peut-être. Ou seulement étranges.

Je me suis toujours tenu à l'écart des clans. Je détestais déjà ce que Romain Gary appellerait quelques années plus tard « l'appartenance ». Qu'on me dise : « Vous les jeunes » (ma mère), « Vous les garçons » (les filles) ou « Vous les écrivains » (les critiques) me met en rage. Je ne crois qu'aux individus.

Une seule exception : j'ai horreur de la foule, mais j'adorais les mêlées. La seule manière de solidarité virile jamais ressentie, c'était sur les terrains de rugby. Les types que vous ne supportiez pas, ni avant, ni après le match, vous vous trouviez en osmose avec eux pendant quatre-vingts minutes d'engagement physique et moral total. J'ai aimé ça.

Le lendemain matin, courbatu, fourbu, j'avais deux heures de français. Heureusement, le professeur, natif du Sud-Ouest, assistait à tous les matches.

— Nous allons parler doucement, disait-il à la classe, pour ne pas réveiller Anatole Berthaud. Il s'est battu comme un beau diable hier après-midi et il a marqué un essai contre l'équipe de son ancien lycée, c'était son jour de gloire. En outre, il est un peu poète, il a besoin de rêver.

Le brave homme.

En dehors des terrains de rugby, une sale réputation me collait à la peau, celle de « gentil ». Surtout chez les filles. « Il est gentil, comme garçon. » Ce qui signifiait – les garçons étant réputés méchants, lourds et j'en passe – que je n'existais justement pas vraiment « comme garçon ». Je n'étais pas du tout gentil, pas autant que ça en tout cas. J'étais sur la réserve, timide, gêné aux entournures, et je souriais tout le temps bêtement pour me donner une contenance. Les filles me racontaient des trucs qu'elles ne confiaient qu'à leurs copines. Pas vraiment la bonne posture pour draguer. Celle-là, particulièrement, s'adressait toujours à moi pour me demander de participer à des trucs qui n'intéressaient pas les autres garçons. De l'aider à organiser une exposition contre la faim dans le monde, par exemple. Naturellement, j'étais contre la faim dans le monde. Mais je militais déjà contre le racisme avec la Fédération des clubs Unesco, et il y avait le journal du lycée, le théâtre, le ciné-club... (Je faisais mes devoirs à minuit, dans la salle d'eau.)

Elle avait de beaux seins qui tendaient son corsage et sa blouse, des yeux pers, teintés différemment et augmentés d'un léger strabisme, qui la rendaient craquante.

— Bon, d'accord.

Il est arrivé qu'elle me mette dans une position très inconfortable. Elle était venue un matin me parler d'une autre fille de la classe, qui se tenait toujours en retrait, silencieuse, mal à l'aise.

— Tu sais, Anatole, elle est très intelligente, mais elle a un gros problème. Personne n'est au courant : elle a été violée par son père quand elle était petite. Elle a très peur des garçons, mais elle aimerait pouvoir parler avec toi.

Oh, non !...

— Ce serait tellement sympa de ta part d'accepter ! Tu es le seul qui puisse le faire.

— Bon, d'accord.

Ça m'a pris une douzaine de récréations. Nous marchions. D'abord dans un silence pesant, puis elle se mit à tout me raconter. L'horreur.

— Ça me fait du bien, tu sais. Tu n'es pas comme les autres.

— J'aime pas les autres.

Qu'est-ce que je pouvais bien lui dire ? Je n'en ai aucun souvenir. (« Ne t'en fais pas, tu verras, avec le temps, va, tout s'en va. Tous les hommes ne sont pas comme ça. Moi, mon père ne m'a jamais violé, mais il y a des pères qui violent aussi les garçons... »)

Aujourd'hui, je sais, je lui conseillerais d'en faire un best-seller.

Il faut que je dise tout de même – pourtant je n'aime pas dire du mal des filles : c'était un vrai laideron. Terrible.

Les autres, forcément :

— Super, ta nouvelle copine !

J'ai timidement tenté de me faire rembourser par la fille aux beaux seins et aux yeux pers.

— Je voulais te dire... Je pense beaucoup à toi...

— Je t'adore, Anatole, mais, tu sais, en ce moment, je ne suis pas tellement portée sur le sexe.

— Oui, bien sûr, je comprends, la faim dans le monde...

Je lorgnais aussi une petite brune d'origine espagnole, bien achalandée, rigolote, bien qu'elle se prît pour Anna de Noailles et composât d'assommants poèmes dégoulinant de miel.

Je l'avais conviée à une réunion préparatoire aux séances de ciné-club. À la fin, nous étions tous assis sur des tables et l'ambiance, c'était une des premières soirées de printemps, était aux frôlements furtifs, aux sourires séducteurs, au flirt. Quelqu'un, un garçon à n'en pas douter, éteignit la lumière. Il se fit un étrange silence. J'étais à droite de la petite brune. Je l'embrassai, d'abord dans le cou puis sur la bouche, et j'entrepris d'explorer l'univers moelleux de sa poitrine, douceur, chaleur, profond sentiment de bien-être et de sécurité. Largement supérieur au « doudou », quoi. Quelqu'un, une fille probablement, ralluma. Elle eut un mouvement de recul :

— Tu es dégoûtant !

Je fus d'abord plongé dans la plus grande perplexité, puis je compris : elle avait cru que c'était un autre. La petite poétesse confondait la droite et la gauche.

Une autre fois, en pleine séance de ciné-club... On passait un film de Bergman que j'avais présenté avant la projection, en termes dithyrambiques du type Cahiers du cinéma, mais qu'à la réflexion je trouvais un peu long. Je dis à ma voisine, une fille assez forte, plutôt sensuelle :

— Je crois que je vais me reposer un moment.

Et de m'allonger à demi, la tête sur ses cuisses. Gonflé. Elle ne proteste pas. C'est bon. Au bout d'un moment, je suis parfaitement éveillé, je me dis qu'il faut absolument pousser mon avantage. Du courage. Je vais me retourner lentement, en évitant de me déplacer une vertèbre, poser mes lèvres sur un de ses seins puis attirer son visage vers le mien pour un long baiser langoureux. Je me retourne lentement et me retrouve sur le dos, dans une position relativement inconfortable, et que vois-je ? Elle est en train de bécoter son autre voisin ! Le type s'interrompt à peine pour me lancer :

— Excuse-nous ! Le coup de foudre...

Je n'ai jamais eu envie de revoir ce film de Bergman dont j'avais loupé une partie. Même les cinéastes géniaux ne peuvent pas faire que de grands films. Je veux dire : personne ne peut être sûr de maîtriser parfaitement un scénario jusqu'au bout.

Je ne prétends pas qu'il ne se soit pas passé durant cette jeunesse qui s'étirait en longueur – c'est le sort de la jeunesse – toute sorte d'événements majeurs que j'ai classés provisoirement sans suite. J'ai toujours été surpris de constater que les autres peuvent consacrer des ouvrages de six cents pages à des problèmes sur lesquels je n'ai rien à dire. Les centaines de sommes publiées sur la question du Bien et du Mal vous ont-elles appris quelque chose ? Vous ont-elles permis de dire :

« Eh bien, le Bien et le Mal, c'est... » Étonnant, non ?

Une équation, peut-être, un jour...

La réponse pourrait d'ailleurs se trouver quelque part, dans un fragment de poème ou de prière, mais la poésie et la prière ne sont pas encore reconnues en tant que sciences exactes. Encore que le principe d'Incertitude soit en passe d'être communément admis. Sait-on bien ce qui se noue et se dénoue dans la chevelure des comètes et dans la nuit bleutée des nébuleuses ?

Vous allez être surpris – ou pas du tout – d'apprendre que je réfléchissais à ces questions de la première importance en écoutant en boucle un single des Animals : « The House of the Rising Sun ». Tous les soirs. Au foyer des élèves. Sur un authentique « tourne-disques ». En raison de mes nombreuses responsabilités extrascolaires, le jeune surveillant général m'avait en effet autorisé à regagner le dortoir une demi-heure après les autres. *O mothers, tell your children...* Je ne peux toujours pas réentendre ce morceau sans être submergé par la Nostalgie. Mais le plus intéressant, c'est qu'à l'époque, en l'écoutant tout seul dans ce foyer de petit lycée de province, j'étais déjà submergé par la Nostalgie. La Nostalgie du futur. Cette grande dame – qu'il convient de ne pas fréquenter trop assidûment – ne nous projette pas seulement dans le passé, elle nous balade dans l'espace-temps.

J'ai consacré une bonne part de mon existence

à méditer ce genre de paradoxe, pendant que d'autres perdaient bêtement leur temps à gagner beaucoup d'argent.

Mon hobby préféré consiste à faire un peu de funambulisme, sans balancier, sur la corde de la *coincidentia oppositorum*. Je ne dis pas que je n'en tombe pas souvent.

J'ai également beaucoup réfléchi à ceci : l'incroyance est une forme de croyance. Je n'ai jamais supporté aucune forme d'intégrisme, y compris l'intégrisme athée. L'intégrisme est le syndrome d'une maladie grave – une vie intérieure déficitaire – qui pousse l'individu atteint à se précipiter sur n'importe quelle affirmation, généralement infondée, à lui consacrer son existence, espérant combler ainsi son propre néant. Au besoin en éliminant les autres. Les autres ne se mettent jamais à la place des autres.

(À ce propos, si l'on me permettait d'ouvrir une nouvelle petite fenêtre-parenthèse technique, j'aimerais rappeler aux intégristes végétariens que tous les êtres vivants apparus sur cette planète ont toujours été, d'une façon ou d'une autre, omnivores. Le culte de la feuille de laitue et du grain de riz complet fait bon marché, si j'ose dire, du fait que ces honorables végétaux se nourrissent en grande partie des résidus de la décomposition d'une multitude de cadavres.)

Toutes ces activités ne m'ont pas permis d'obtenir une mention au baccalauréat de philosophie, mais j'ai tout de même réussi à intégrer sur concours une grande école – dont j'allais sortir, au bout de trois années pleines de péripéties, Deuxième Gribouille. Malgré un zéro en droit pénal.

À la Grande École, je ne fus pas toujours très à l'aise non plus. Toutes les grandes écoles ont aussi un côté petite école. La vie en général pareillement, d'ailleurs. Encore aujourd'hui, j'ai l'impression de n'être jamais vraiment sorti de la petite école. Et les professeurs ne sont pas toujours à votre goût, les élèves non plus. Les filles continuent à se comporter de manière étrange. Celles que vous adorez ne vous trouvent pas attirant, et vous n'êtes pas attiré par celles qui vous adorent. Des années plus tard, vous retombez sur une qui vous adorait et vous vous tapez mentalement la tête contre les murs. (Comment ai-je pu laisser échapper cette perle ?) Sait-on jamais bien après quoi l'on court ?

Mais je tiens tout d'abord à me justifier de mon zéro en droit pénal. Le professeur, un magistrat président d'une chambre correctionnelle, nous avait conviés à assister à une audience de « flagrants délits ». La suffisance, le mépris, le cynisme avec lesquels il *jugeait* des voleurs de bicyclettes ou des émetteurs de (petits) chèques sans provision nous avaient pour le moins heurtés. Il ne portait pas la moindre attention aux accusés. Il pérorait, avec une incroyable fatuité, à l'adresse de ses étudiants. (Quelle aisance ! quel esprit ! devait-il se dire. Ils doivent être complètement bluffés...)

Je n'éprouve pas spécialement de sympathie pour les voleurs de bicyclettes (je comprendrais plus facilement les émetteurs de chèques en bois), mais j'en eus l'estomac retourné. Comme l'homme agrémentait par ailleurs ses cours de commentaires personnels sur le monde, la société, la politique qui ne correspondaient guère à nos points de vue qui – bien qu'encore un peu flous – regardaient déjà dans différentes directions, il y eut un jour des murmures désapprobateurs.

— Personne n'est tenu d'assister à mon cours, fit-il, imperturbable. Avec moi, c'est très simple : c'est oui ou merde !

Nous fûmes deux ou trois courageux à dire :

— Merde.

Et nous quittâmes la classe pour ne plus y revenir jusqu'à la fin de l'année. Mes lacunes en droit pénal sont donc entièrement fondées. Et puis, qui connaît vraiment le droit pénal, qu'en théorie nul n'est censé ignorer ? Personne. Même pas les avocats les plus réputés qui consacrent leurs loisirs à dégoter des lois qui en contredisent d'autres. Le magistrat magistral en question a d'ailleurs été le dernier président de la Cour de sûreté de l'État (supprimée par le président Mitterrand) – preuve qu'il ne connaissait à fond que les lois d'exception.

Il y eut au cours de ces années des aventures de toutes sortes, des psychodrames bien naturels, des désirs inassouvis, d'autres trop rapidement assouvis, des franches camaraderies, des inimitiés pas toujours justifiées, bref à peu près tout ce qui est censé composer « l'éternelle jeunesse ».

Et, nous venons d'en parler, cette espèce de nostalgie du futur. Chacun avait ses facilités, qui constituaient son principal ennemi. Pour moi, je n'étais pas encore parvenu au principe d'incertitude, mais j'étais déjà légèrement indécis. Sur la question des filles et sur celle de ma vocation. C'est alors que s'imposa peu à peu dans ma vie une jeune fille réputée pour ses engagements et sa rigueur, qui, à la surprise générale, fit preuve d'indulgence pour mes indécisions et entreprit, avec son habituelle résolution, de *croire* en moi.

Elle était une espèce de Beauvoir et me prenait pour une espèce de Sartre. Je n'ai jamais été une espèce de Sartre, dieu merci (en dépit du respect que je lui porte). Je n'étais qu'un apprenti clown-poète à croissance lente. Sans nul doute appelé à devenir un grand philosophe. J'appelle grands philosophes les gens qui s'efforcent de penser par eux-mêmes. J'en connais quelques-uns, parmi lesquels un maçon en Dauphiné, un compagnon charpentier du Devoir en Poitou-Charentes et deux ou trois clowns-poètes. Rien à voir avec les autres, ceux qui pensent *en référence*, qui utilisent les références des uns pour démonter celles des autres, à qui d'autres encore se réfèrent à leur tour pour démolir d'autres démonstrations. Des gens qui, si vous voulez mon avis, ne connaissent ni le poids des mots, ni leur légèreté, et perfectionnent jour après jour un jargon inintelligible destiné à rendre plus inintelligible encore un univers qui l'est déjà passablement. Le vieux Boileau n'avait pas tort : « Ce qui se conçoit bien s'énonce clairement. » C'est de plus un parfait alexandrin. Car, soucieux du poids et de la légèreté des mots, il ne serait pas raisonnable de négliger leur musique.

Et n'oublions pas le vieux Diogène à qui l'on disait : « Tu te dis philosophe, mais tu n'as pas fait d'études. — Raison de plus ! » répondait-il à peu près.

Bon. Il se trouvait que, par ailleurs, j'étais fiancé. J'avais connu Georgia en vacances, au bord de la mer, au pied du massif de l'Estérel. J'arpentais longuement les plages, le soir, en espérant voir une sirène souriante surgir des flots bleus. J'avais fini par sympathiser avec d'autres arpenteurs, mais les sirènes étaient rares, même les simples filles paraissaient s'évanouir au coucher du soleil. Un soir, après un violent orage, nous étions une demi-douzaine de garçons et deux filles, assis sur un parapet dos à la mer, à nous ennuyer ensemble au clair de lune. Je m'étais placé à côté du petit copain de la semaine de Georgia, un Hollandais passablement désagréable et prétentieux qui n'arrêtait pas de la bécoter. Et soudain Georgia, sans cesser de se laisser embrasser, passa un bras derrière le Hollandais et me prit la main. J'étais désigné pour être son petit copain de la semaine suivante. Je me mis donc à l'embrasser à longueur de soirée à la place du Hollandais, toutefois je ne fus pas autorisé à explorer son soutien-gorge. Nous nous revîmes l'année suivante, après avoir échangé une correspondance amoureuse très conventionnelle, très au-dessous du niveau Choderlos de Laclos. Correspondance régulièrement interrompue, d'ailleurs, pour de courtes périodes pendant lesquelles nous crûmes tomber amoureux d'autres personnes. Mon autorisation d'accès fut légèrement élargie. Georgia me fit même inviter par ses parents dans sa Flandre natale.

Anvers et ses brumes, les lourdes barges qui remontaient l'Escaut sous un ciel bas et gris, digne du couvercle de Baudelaire, convinrent parfaitement à mes états d'âme d'adolescent attardé. Je confondais allègrement l'amour et la mélancolie, la langueur et le spleen. Je me découvris en outre un certain goût pour les bières flamandes et allemandes. Nous fréquentions les bars pittoresques de la capitale des diamantaires, où les habitués passaient des heures à tenter de lancer des jetons de plomb dans la gueule ouverte d'une grenouille du même métal. C'est Georgia qui passait les commandes en néerlandais lorsque le café affichait à l'entrée : « Interdit aux chiens et aux Français ».

À vrai dire, je n'étais fiancé qu'un week-end sur deux.

À chacun de mes séjours, le père de Georgia m'accueillait invariablement avec un demi-sourire en me réclamant « le mot de passe ». Il s'agissait d'une ancienne expression flamande, quasiment imprononçable pour un francophone et signifiant quelque chose comme « écus et boucliers », qui avait servi jadis aux Anversois à repérer les Français en fuite au soir d'une bataille perdue. Tout individu arrêté dans la vieille ville et incapable de prononcer correctement la formule était égorgé sur-le-champ. Je me soumettais à ce rituel avec bonne volonté, et mon futur beau-père comblé se passait un doigt le long de la gorge... Après quoi il me proposait une bière ou un whisky et un cigare, et nous devisions en français du monde en général et de mon avenir en particulier, lequel lui causait quelque inquiétude, dans la mesure où celui de sa fille en dépendait. Tout à l'heure, sa femme poserait sur la table déjà dressée un plat de carbonade et il m'adresserait un regard empreint de satisfaction. C'était un homme qui croyait à la vie de famille, et je dois avouer que, certains soirs, j'y croyais presque moi aussi. Un week-end sur deux.

Georgia tenait à sortir en boîte. Son père, jugeant que ma vieille Ford déglinguée ne faisait pas bonne impression, nous prêtait une grosse Mercedes pour la soirée. Georgia fut vite lassée de danser avec moi. Elle ne me trouvait pas assez léger. De toute façon, à l'époque, personne ne dansait avec personne. Chacun gesticulait dans sa propre bulle de légèreté. J'allais l'attendre au bar, en testant les variétés de *trappistenbeer*, et parfois même dehors, devant la baraque-friture où je dégustais d'énormes cornets de frites à la mayonnaise pimentée, tout en fredonnant à part moi. *Here is the sun... I feel good... Like a sex machine...*

À mes retours d'Anvers, Beauvoir m'attendait de pied ferme, toujours préoccupée de mon avenir sur lequel elle paraissait fonder les plus grands espoirs. Que quelqu'un croie en mon avenir à ma place ne m'était pas désagréable : j'ai toujours trouvé l'ambition personnelle assez fatigante.

Il n'était pas rare qu'à mon retour de Flandre, je découvre qu'elle avait fait le ménage dans ma chambre.

[— Est-ce bien vous, Castor, qui avez prétendu que les écrivains français seraient bien meilleurs s'ils prenaient soin de balayer leur chambre tous les matins ?

— Vous vous méprenez, Sartre. C'est Yourcenar... Dites-moi, vous ne songeriez pas par hasard à me voir prendre soin de votre ménage ?

— Pas du tout, pas du tout Castor ! Vous êtes déjà suffisamment bon écrivain...]

Plus gênant était le souci qu'elle manifestait en permanence de me voir demeurer fidèle à ma fiancée anversoise. Elle surgissait au plus mauvais moment, mue par une intuition inquiète, et me fit rater de bonnes occasions. De très bonnes occasions. Le souvenir des belles que j'ai dû laisser s'envoler vers d'autres galaxies me hante encore aujourd'hui, à la manière d'un songe inachevé.

Notre amitié, que – me refusant à orthographier correctement le mot intélecquetuêle – je qualifierai de noosphérique, fit que nous nous voyions de plus en plus souvent. Nous partagions des idées, des goûts, des dégoûts, des spectacles et de plus en plus de dîners.

Le souvenir du soir où je l'ai embrassée après lui avoir posé la main sur le genou m'évoque irrésistiblement, avec le recul, cette théorie qui voudrait qu'un battement d'ailes de papillon en Amazonie puisse être à l'origine d'un cyclone de l'autre côté du globe. C'était son premier vrai baiser. Un baiser sacré. Et qui renforça encore, si c'était possible, sa surveillance rapprochée concernant ma fidélité, assurant ma chasteté à l'ouest du Quiévrain. Je m'en accommodais, parce que j'avais besoin d'elle. Pas seulement pour tenir à jour mon ambition, sinon mon ménage. Par affinité. C'est une grande chance, pour un apprenti clown-poète, d'avoir une Beauvoir dans sa vie quotidienne (et un week-end sur deux).

Quand Georgia fit, tardivement, la connaissance de Beauvoir, une intuition profonde, immédiate, la poussa à la détester cordialement à la seconde même. Sans tenir aucun compte de sa fonction de gouvernante de mes mœurs sexuelles.

Je fus désormais forcé de concéder qu'il y avait un Hiatus dans ma vie mentalo-sentimentale.

Par ailleurs, la sortie de la grande école approchant, un gros nuage sombre commençait à se former à l'horizon de mon avenir immédiat.

L'armée française était sur le point de m'appeler sous ses drapeaux. Elle ne m'avait accordé qu'un sursis.

Un certain mois de mai avait alors marqué les esprits et le statut d'« objecteur de conscience » passait pour glorieux. Beauvoir était pour. Il faut dire qu'à l'époque, les objecteurs passaient deux ans en « forteresse » et, en cas de guerre impromptue, pouvaient être légalement fusillés. Certains camarades avaient choisi la voie de la réforme et s'ingéniaient à obtenir de psychiatres complaisants ou antimilitaristes des certificats relatifs à de prétendus troubles mentaux. Je répugnais à jouer les fous (on ne sait jamais !). J'optai pour la « coopération » qui consistait à porter à l'étranger l'assistance des lumières françaises durant le temps du service militaire. Un journal québécois, *La Nouvelle Évangéline*, était prêt à m'accueillir comme rédacteur. Mon dossier était accepté. J'échappais en même temps à la gloire et aux champs d'honneur. Je me contentais de prendre du champ...

Tout aurait été parfait si je n'avais commis une grosse étourderie. Au centre d'une petite place historique de notre vieille ville universitaire se trouvait un abri pour agent de la circulation. Au moment des événements printaniers déjà évoqués plus haut, un de mes condisciples eut l'idée d'aller coller vers minuit une affiche « CRS = SS » sur cet abri. L'aventure me parut plus sportive que purement révolutionnaire. Il s'agissait de chronométrer la ronde du car de police qui traversait la place et faisait le tour de quelques pâtés de maisons avant de revenir. Nous étions trois sur l'affaire : un chauffeur pour la petite camionnette empruntée, un préposé au pot de colle et au pinceau, votre serviteur à l'affiche. La patience est la première vertu du baroudeur. Nous prîmes le temps de chronométrer quatre fois la ronde. Trois minutes trente, quatre minutes. Nous disposions de trois minutes. Le car traversa la place. Go ! Crissements de pneus, ouverture des portes arrière de la camionnette, surgissement de l'encolleur et de l'afficheur. Badigeonnage, affichage. C'était bon. Une minute trente. C'est alors que le car de police revint subitement sur nous. Nous avions été repérés. Démarrage en trombe et en désespoir de cause, sans avoir le temps de refermer les portes de la camionnette dans laquelle nous venions de sauter, avec le pot de colle qui se renversa à moitié sur nous. Tableau : véhicule cahotant à l'arrière duquel se trouvent assis deux individus tentant de retenir un seau de colle, les jambes pendantes à l'extérieur. L'encolleur et moi fîmes comprendre à notre conducteur que toute tentative d'évasion dans ces conditions risquait de friser le ridicule.

Le commissaire se montra bon enfant. La guerre des polices avait toujours lieu. Les policiers détestaient les gendarmes, qui détestaient les CRS et réciproquement. Mais une petite fiche individuelle classée anéantit tous nos espoirs de « coopération ». Trois mois plus tard, nous nous retrouvâmes, le chauffeur dans les transports de troupe, l'encolleur dans la marine et moi sur une base aérienne.

Le service militaire, c'est que des autres.

Il y a des gens qui sont attirés par une carrière de sous-officier. Pour commander, mais sans avoir les responsabilités des officiers, qui eux-mêmes ne tiennent pas à endosser celles des officiers supérieurs, je suppose. Il y a même des gens qui font des carrières d'homme de troupe. Parce qu'ils aiment la troupe. Et qu'ils détestent commander, à part des bières pression.

Et puis il y a ceux qui veulent finir maréchal de France pour avoir un boulevard à leur nom. Il y a eu beaucoup de maréchaux dans ma famille. Mais ils n'acceptaient que la responsabilité des chevaux. « Le cheval est la plus noble conquête du maréchal », comme disait Buffon.

Je n'avais évidemment pas accepté de suivre la « préparation militaire », que l'on proposait alors dans les universités, pour devenir sous-lieutenant et, plus tard, lieutenant de réserve.

Je n'étais donc absolument pas préparé.

Apprendre à marcher au pas ne me parut pas trop difficile. J'avais un certain sens du rythme et je connaissais parfaitement ma gauche et ma droite. Cela devint plus compliqué lorsque le sergent-chef chargé de notre « instruction » – il appelait ça comme ça – entreprit de nous faire chanter. Des chansons de son choix, sinon de sa composition.

— Deuxième classe Berthaud ! J'aimerais vous entendre. Vous avez perdu votre voix ?

— C'est que...

— Chef !

(Il fallait l'appeler chef.)

— C'est que, chef... Je n'aime pas trop ces paroles, chef.

— Vous n'aimez pas la chanson, Berthaud ?

— Si, chef !

Je pouvais lui interpréter des tas de chansons. « Pauvre Rutebeuf ». Ou « Est-ce ainsi que les hommes vivent ? ». « ... *Le ciel était gris de nuages / Il y volait des oies sauvages / Qui criaient la mort au passage / Au-dessus des maisons des quais / Leur chant triste entrait dans mon être / Et je croyais y reconnaître / Du Rainer Maria Rilke...* »

Ce n'était pas du tout ce qu'il voulait. Il tenait à sa chanson dont les paroles disaient à peu près : « Pour ma patrie, je tuerais mon père et ma mère... » (Je préfère ne pas parler de la musique.)

J'avais déjà lu Albert Camus. Entre ma patrie

et ma mère, j'avais tendance à choisir ma mère. En tout cas, je n'avais pas l'intention de tirer sur mes parents, même pas en paroles.

— D'accord, Berthaud. Regagnez les rangs.

Il se trouva un deuxième réfractaire à la variété militaire. Le chef vint nous réveiller à deux heures du matin à grands coups de rangers dans nos lits métalliques – « En tenue de combat, et plus vite que ça ! » – pour nous emmener faire une marche forcée dans les collines environnantes. Le barda réglementaire pesait bien dix kilos, lui n'avait pas à le porter, mais il affichait un petit début d'embonpoint... Il ne nous fit le coup que deux nuits de suite. Et nous ne chantions toujours pas.

Le plus triste, c'était encore les autres. Tous des sursitaires, qui avaient donc fait des études, l'un d'eux était même professeur de maths. Il fallait les voir se précipiter sur les plats pour s'attribuer les meilleures parts. Et courir derrière le sergent instructeur. Chef par-ci, chef par-là. Régression infantile. Reddition sans condition. Et de rigoler comme des crétins aux mauvaises plaisanteries de leurs « supérieurs ». C'est à ce moment-là que j'ai commencé à penser sérieusement que la Guerre des Gaules, ça n'était pas si vieux que ça. (J'espère que la prochaine n'est pas pour tout de suite.)

Je lisais un soir, en attendant l'extinction des feux. Le chef vint m'arracher mon livre des mains.

— Hé, les gars ! Vous savez ce que Berthaud

est en train de bouquiner ? *Les Mémoires d'une jeune fille rangée* !... (La troupe des sursitaires de se taper sur les cuisses.) Vous me décevez, Berthaud. Un grand garçon comme vous...

Le tir en position couchée ne me déplut pas, j'avais le sens de la cible. Je savais même, grâce à quelque littérature bouddhiste, qu'il s'agit plus ou moins de se fondre dans la cible, de ne faire plus qu'un avec elle.

— Ah, mais c'est pas mal du tout, ça, Berthaud. On va peut-être réussir à faire quelque chose de vous. Un tireur d'élite de l'armée de l'air !

À partir de là, les exercices de tir furent pour moi l'occasion d'un double plaisir : celui de m'efforcer d'atteindre un point choisi sur la cible, mais qui n'était pas celui espéré par le sergent-chef. Le retour de Kit Carson.

Pendant cette interminable période de plusieurs semaines sur cette base, Georgia ne me donna aucune nouvelle. Beauvoir devint anxieuse. La possibilité que je me comporte sous l'uniforme en soldat soumis et celle que je prenne des risques en frôlant l'insoumission semblaient l'inquiéter d'égale manière. Lorsque je lui fis savoir que mon grand acte d'héroïsme avait consisté à refuser d'interpréter une chanson dont les paroles mettaient en cause mon père et ma mère, elle fut un peu rassurée.

Je disposais de quelques appuis dans la capitale. Des gens se démenaient pour me tirer de ce que je prenais pour un enfer et qui n'était en réalité qu'un modeste purgatoire. Le purgatoire suivant allait se révéler luxueux – et beaucoup plus angoissant. Je fus transféré à l'état-major.

Il est arrivé qu'un membre éminent de l'Académie française – ne figurant pourtant pas parmi les plus âgés – écrive un jour dans un journal de bonne réputation que le paradoxe était « la marque des esprits en panne ». Je ne suis évidemment pas du tout de son avis. La crainte du paradoxe et le refus de la coïncidence des opposés me semblent au contraire le syndrome d'une hémiplégie spirituelle.

Le courage de regarder le paradoxe en face et l'incertitude avec indulgence ne va cependant pas sans inconvénients. Les autres ne savent pas trop ni « ce que vous pensez », ni « où vous vous situez ». Vous n'êtes jamais sûr d'être bien compris.

À l'époque de mon passage au ministère de l'Air, à la différence de Beauvoir – qui fut d'abord gauchiste puis antigauchiste et s'apprêtait à explorer, toujours avec la même rigueur, divers modes de pensée, l'un après l'autre –, j'étais un peu gauchiste et pas mal antigauchiste. Les défilés ordonnés d'anarchistes derrière le drapeau noir, les inconditionnels de la liberté de penser qui, drapés dans le rouge, refusaient toute contradiction me laissaient perplexe. D'avoir vu les membres du congrès du Parti communiste chinois, en uniforme, se lever comme un seul homme à l'arrivée du Grand Timonier en agitant leur *Petit Livre rouge* ne m'encourageait pas à pousser plus avant l'étude des pensées de Mao. Pour des raisons à la fois similaires et différentes, je ne pouvais devenir ni staliniste, ni trotskiste, ni occidentiste, ni militariste.

La fréquentation des officiers supérieurs me parut infiniment plus angoissante que celle des sous-offs. À l'heure qu'il est, je ne sais toujours pas si un général devient général parce qu'il est plus intelligent ou plus bête qu'un colonel. La fréquentation aléatoire de quelques généraux, pendant une année mais uniquement dans les ascenseurs, ne m'a pas permis de me faire là-dessus une religion. Il faut dire que, dès que les autres se retrouvent à plus de trois mâles dans un lieu clos, leur niveau de conversation a tendance à se réduire au minimum (et même en deçà du minimum si la conversation porte sur une femme ou les femmes), qu'ils soient généraux, cardiologues ou chefs de chantier.

Je pouvais rentrer tous les soirs chez moi – à l'exception d'une nuit par semaine pendant laquelle je devais écouter en permanence la radio, dans le but de réveiller le chef d'état-major à la moindre annonce de catastrophe aérienne. Officiellement chez une cousine, mais le plus souvent chez Beauvoir, dans un minuscule appartement d'un quartier populaire. Qu'un service militaire aussi privilégié puisse être facteur d'angoisse, personne d'autre que Beauvoir ne pouvait le comprendre. Elle connaissait mon sens inné du Tragique et le partageait. De fait, le sentiment d'*appartenir* corps et âme à l'armée, et qui plus est à une armée commandée par les gens que je croisais régulièrement dans l'ascenseur, me portait au désespoir. Les conditions luxueuses de cette servitude n'y changeaient rien.

Georgia me tenait pour un enfant gâté. Elle trouvait que l'uniforme m'allait bien.

J'étais certainement encore amoureux d'elle, mais, entre nous, une incontestable incompatibilité de vision du monde avait fini par devenir évidente.

Elle aurait souhaité que je me débarrasse de certains aspects de ma personnalité auxquels je tenais – et sans doute avais-je espéré en vain la transformer à mon image. Chimères. Nous avions donc décidé de nous séparer, lors de mon arrivée à Paris en provenance de la base, au petit matin, dans la chambre ordinaire d'un hôtel du Quartier latin.

Beauvoir songeait déjà à la libération, et réalisait des merveilles pour survivre au rationnement que m'imposaient les ressources parcimonieuses allouées par mon père. (Je faisais gratuitement office de secrétaire de rédaction pour la revue de l'armée de l'air, alors que j'aurais pu passer une année tranquille, tous frais payés, sur une base à regarder décoller les avions de chasse.) Notre amitié noosphérique devint résistante et quasiment quotidienne.

À Paris, je renouai des liens avec le petit commerce.

Plus vous descendez vers le Sud, plus les commerçants sont agréables. Passé Valence, vous avez l'impression de leur faire plaisir en venant leur acheter quelque chose. À Montélimar, ils sont franchement aimables. Et intelligents. Ils ne vous demandent plus : « Et avec ça ? » Ils ont compris que si vous voulez autre chose, vous n'allez pas hésiter à le commander. Mais il ne faut pas descendre trop bas dans le Sud. À partir d'une certaine latitude, ils commencent à être trop gentils pour être honnêtes. Un fort taux d'ensoleillement les encourage facilement à doubler leurs prix...

Je crois bien que c'est à Paris que vous trouvez les plus pénibles.

Je parle des petits commerçants. Les grands ne sont pas mieux. Seulement, les grands, on ne les voit jamais, on ne va pas s'en prendre aux caissières. Et puis on est toujours plus complaisant avec les gros profiteurs qu'avec les petits, que ce soit en justice ou dans le commerce quotidien, vous l'avez sûrement remarqué. (Les escrocs d'envergure ont au moins cette intelligence d'éviter tout contact direct avec leurs victimes.)

Je me souviens de ce boucher du treizième arrondissement. Un type court sur pattes qui poussait loin devant lui, avec son ventre, son tablier blanc maculé de sang, comme un drapeau. L'étendard du 1er régiment des Satisfaits d'Eux-mêmes. Épais. Notez que je n'ai rien contre les gros (j'adore les grosses). C'est son âme qui était épaisse. Graisseuse. À une petite étudiante qui lui réclamait une tranche de foie *de génisse*, il répondait dans une sorte de miaulement ironique : « C'est pour le chat ? »

Je n'ai pas oublié non plus cette épicière, grignoteuse de minuscules bénéfices, qui venait de servir à une vieille dame *cinquante* grammes de râpé : « Ce sera tout, je suppose ! » La vieille dame n'avait pas encore refermé la porte que la commère grommelait : « Va donc, hé, sans-le-sou ! »

Aujourd'hui, je descends plusieurs fois par semaine acheter des croissants à la boulangerie du coin, dont la bonne réputation se mesure à la longueur de la queue sur le trottoir. Quatre fois sur cinq, ils sont trop cuits.

Un bon croissant, croustillant et tendre à cœur,

est une pure merveille. Un croissant seulement moyen n'est qu'une usine à cholestérol.

Je demande régulièrement : « Les moins cuits, s'il vous plaît ! » La patronne ne vous écoute pas, de toute façon, elle continue à parler à sa serveuse et vous lance un « Quoi d'autre ? », qui vous oblige à répondre « Ce sera tout, merci ! ». D'être forcé de prononcer tous les jours, et souvent plusieurs fois par jour, « Ce sera tout, merci ! » relève du harcèlement moral.

Je continue à me servir dans cette boutique parce que j'ai beaucoup travaillé sur les dialogues. Je me dis qu'un de ces matins, la patronne va enfin m'entendre et me répondre avec mauvaise humeur : « Si vous croyez que j'ai le temps de trier les croissants ! » Je serai prêt. « Ah bon, eh bien moi, madame, j'ai le temps d'aller chercher une autre boulangerie. » Mais ça ne vient pas. Quoi d'autre ?

Les gens n'ont pas le sens du dialogue.

Trois mois passèrent. On est rarement heureux à vingt-trois ans. La nostalgie du futur et l'angoisse du présent. Je ne dirais pas qu'on est forcément plus heureux plus tard. La nostalgie du passé et l'angoisse du futur. Mais enfin, nous vivions plutôt avec le sentiment du tragique et de la médiocrité inhérent à la nature humaine. Et nous n'en n'étions qu'au début de l'apprentissage.

C'est alors que je reçus d'Anvers le télégramme suivant : « Suis enceinte – Stop – On se marie – Stop – Signé Georgia. »

Pourtant enclin à envisager toute sorte de catastrophe, je n'avais pas du tout prévu de me marier. Ni d'avoir un enfant. Ni même d'avoir à assumer un quelconque statut social. J'étais résolument opposé aux idées de père, maître, général, pape, président, de Père Éternel également. J'éprouvais encore ce sentiment idiot, fréquent à cet âge, d'avoir tout le temps.

Il me semble que j'avais ressenti à la lecture du télégramme de Georgia une relative indifférence. Je savais par la littérature, le cinéma, le théâtre et l'histoire des sciences qu'il arrivait au destin de frapper. Les événements se produisaient en vertu d'une imbrication de causes et d'effets, certainement. Je ne me sentais qu'à moitié concerné, mais j'assumais. Par principe.

L'idée qu'elle et moi avions eu d'autres relations pendant ces trois mois de séparation ne me parut pas digne d'être retenue. Au fond, avoir un enfant qui s'éveillerait au sourire du soleil en même temps qu'au mien ne me déplaisait pas forcément. La réalité devait finir par s'imposer à moi sous une lumière plus crue.

Beauvoir avait le sens du sacrifice. Elle avait toujours considéré, avec une loyauté sans doute exagérée, qu'elle n'était que la seconde dans ma vie, et vouait à Georgia un respect proche de la vénération – alors que, si elles s'étaient rencontrées au cours d'une simple réunion d'étudiantes, elles ne se seraient probablement jamais revues... En outre, elle avait eu sa période mystique et avait envisagé un moment une vie en clôture entièrement consacrée à la contemplation, car elle n'avait pas l'habitude de faire les choses à moitié. Elle sembla donc trouver naturel que j'épouse Georgia qui, de son côté, se trouvait dans les affres à la seule idée d'annoncer la chose à son père. (« Écus et boucliers ! »)

Je devais avoir également l'esprit de sacrifice, bien qu'envisageant une vie contemplative à mi-temps seulement.

Naturellement, il fallut se marier à l'église, les parents de Georgia y tenaient et les miens trouvaient cette revendication légitime. Déjà le retour d'un certain puritanisme perçait sous les ors de la libération sexuelle

Les gens d'Église, soupçonnant que le goût commun des fêtes rituelles avait peu de rapport avec la vraie foi, avaient institué une préparation au mariage, obligatoire, qui consistait en une série d'entretiens plusieurs semaines avant la cérémonie. Georgia s'arrondissait : nous n'avions pas le temps de nous préparer.

Les démarches pour obtenir une dispense de « préparation » marquèrent pour moi la première station d'un long chemin de croix. Je fus longuement interrogé par un chanoine à tonsure dans un petit bureau de l'évêché de Paris. Bien sûr, je me repentis. Je regrettai sincèrement. En particulier d'avoir fait l'amour avec Georgia une dernière fois pour sceller notre rupture...

Après que j'eus réussi à bredouiller le credo – que je ne savais qu'en latin : *Credo in unum deum...* –, le chanoine parut hésiter. Il se résigna tout de même à signer la dispense qu'il me tendit visiblement à contrecœur.

Le lieutenant-colonel mit moins de coquetterie à m'accorder une permission spéciale de trois jours – toutefois il ne cessa de sourire avec ironie durant notre bref entretien.

La veille du mariage, je ratai naturellement le dernier train pour Anvers que je ne pus rejoindre, aux alentours de deux heures du matin, qu'en passant par Luxembourg... Or le vieux curé de la paroisse m'attendait de pied ferme à huit heures :

il tenait à voir ce jeune militaire français intempérant et dispensé de préparation au mariage avant de prendre sa décision. L'homme devait approcher les quatre-vingts ans, portait une soutane défraîchie et – mi-Flamand, mi-Wallon – parlait un français rocailleux assez terrifiant. Il était en colère. Je m'aperçus avec soulagement que ce n'était pas contre moi.

— Toi ! fit-il en pointant l'index et en haussant les broussailles grises qui lui servaient de sourcils, toi, on t'oblige à te marier !

— Mais pas du tout, mon père...

— Personne ne peut t'obliger à te marier !

— Mais personne...

— Personne !... Tu l'as mise enceinte, c'est ça ?

— Oui.

— Ce n'est pas une raison suffisante pour se marier. Tu l'aimes ?

— Oui, bien sûr. (Il ne m'était pas venu à l'esprit l'idée d'avancer l'argument du mariage d'amour.)

— Et elle t'aime ?

— Oui, oui.

Il essaya de pénétrer dans mon âme avec ses yeux pendant un moment, puis il se radoucit :

— Tu vas à la messe de temps en temps ?

— Régulièrement.

— De temps en temps, c'est déjà bien...

Il m'avait à la bonne.

— Eh bien, conclut-il, si tu tiens absolument à te marier, à tout à l'heure !

J'ai tout oublié de la cérémonie. Quand j'y repense, c'est une photo que je vois, Georgia entourée de fleurs et moi dans un costume rayé que je ne me souviens pas d'avoir porté. Ô mémoire, *qu'il est profond ton silence...*

Mon beau-père avait loué des limousines noires, mais mon père tenait à sillonner Anvers dans sa « déesse » Citroën verte, pavoisée à la française avec plein d'œillets blancs et de rubans.

J'ai tout oublié du repas. Je revois seulement une autre photo : ma mère est à mon bras, l'air contrarié, légèrement froissée.

Le lendemain, nous dormons Georgia et moi dans un hôtel chic d'Amsterdam, séjour offert. J'ai tout oublié d'Amsterdam. Sauf le numéro de strip-tease que j'exécute pour la mariée déjà couchée. Je me déshabille en me déhanchant, balançant mes vêtements un par un à travers la chambre sur une musique imaginaire. À la fin je fais tourner mon slip autour d'un doigt. Il s'envole et reste accroché au lustre. Je crois bien que c'est la dernière fois que j'ai fait rire Georgia. Je me sentais triste et misérable, et c'est le meilleur état d'esprit pour réussir un numéro de clown.

Lorsqu'il était sommé de remplir des imprimés administratifs, Francis Blanche répondait : « Né : *Oui*. Situation de famille : *Compliquée.* »

En dépit de ma nouvelle situation, l'armée n'abandonna aucune de ses prérogatives. Je retrouvai mon petit bureau de l'antenne Information du ministère de l'Air. Moins aérien que jamais. J'étais directement sous les ordres de la commandante Robert, d'origine antillaise, belle quarantaine, un peu lascive, arborant sans cesse une moue vaguement dégoûtée. Elle arrivait toujours après moi. (J'étais en avance, pour éviter de me retrouver coincé au garde-à-vous pendant le lever des couleurs – moment idéal guetté par des adjudants en maraude dont la proie préférée était la coupe de cheveux non réglementaire des appelés affectés dans les bureaux.)

Elle retirait lentement son manteau, puis ses gants, déposait le tout en tas sur ma table pour que je le range dans son placard personnel. Elle ne semblait se réveiller que lorsque le colonel la convoquait dans son bureau. Elle en revenait de très mauvaise humeur et me tombait dessus.

— Le colonel n'a pas du tout aimé le titre que vous avez donné à l'article sur les remises de médailles de la base 2158.

— C'était le titre trouvé par le lieutenant-colonel, mon commandant.

Je me gardais bien de glisser le moindre mot personnel dans la revue. Je me contentais de corriger la ponctuation et les fautes d'accord, par pure courtoisie.

J'ai su plus tard que la commandante Robert s'était étonnée que, lors de ma libération, je ne sois pas venu la saluer et la remercier pour cet excellent séjour sous ses ordres.

[— Je voulais vous demander, Castor... Auriez-vous pu envisager de devenir générale d'armée ?

— Vous n'y pensez pas, Sartre, cela aurait fait beaucoup trop plaisir à ma mère.]

Dix kilos de surcharge pondérale et un ulcère plus tard, je reviens d'Anvers, cent cinquante kilomètres au volant d'une vieille guimbarde, et je dois prendre Beauvoir chez sa mère, dans une grande ville-frontière, avant de rentrer à Paris. Je passe un week-end sur deux en compagnie de ma femme et mon fils qui vient de naître. J'avais dit vingt-trois heures. Il est vingt-trois heures trente. Aïe !

Beauvoir a toujours été intraitable en ce qui concerne l'exactitude. Elle prend ses rendez-vous trois mois à l'avance. De mon côté, les beaux agendas que l'on m'offre chaque année sont très peu remplis. Je note généralement mes rendez-vous après m'y être rendu, pour me souvenir de les avoir honorés. J'y ajoute souvent une petite note sur mon état d'esprit ou sur le temps qu'il faisait.

Vingt-trois heures trente. La mère de Beauvoir – l'une des femmes que j'aime le plus au monde – m'ouvre en soupirant :

— Mon pauvre grand...

Beauvoir est sur le balcon, en larmes, au bord de la crise de nerfs.

— Tu l'as dit à ta femme ?

— Non. (Merde ! Je vois mon fils quarante-huit heures par mois. Encore quinze jours de « permission » avant de replonger dans la tragédie, c'est trop demander ? Et trente minutes de retard sur un parcours qui ressemble à Paris-Roubaix, c'est inadmissible ?)

Nouvelle crise.

Je n'ai pas dit tout ce que vous venez de lire entre parenthèses, j'ai seulement dit : non.

Que je vous explique. En résumé.

Après mon mariage, Beauvoir a décidé qu'il était temps de nous séparer dans la dignité. Je ne suis pas contre. Je commence à aspirer à une simplification de ma vie, fût-ce au prix d'une amputation. Nous avons fait plusieurs essais. Nous nous sommes dit solennellement adieu, une demi-douzaine de fois, au coin d'une rue ou à l'entrée d'une bouche de métro. Elle s'effondre en pleurs sur le trottoir ou au bas des escaliers. Je reviens la chercher. Après tout, nous ne sommes pas à une semaine près.

Au bout de quelques semaines, Beauvoir a une idée. Mère célibataire : je vais lui faire un enfant.

Je serai seulement un géniteur, personne ne le saura.

Quelques semaines encore, et l'idée que mon enfant (ce sera une fille, assurément) puisse ne pas connaître l'identité d'un père aussi remarquable que moi lui devient insupportable. Je ne suis pas surpris. Je ne sais pas encore bien dire non, mais je n'ai pas un mauvais quotient intellectuel : j'ai déjà anticipé la suite des événements. En plus, j'adore les petites filles.

Douze kilos de surcharge pondérale et un nouvel ulcère plus tard, je suis à nouveau à Anvers. Mon fils dort. Il est enrhumé. J'ai passé la nuit à côté de son berceau à essayer de respirer à sa place. Georgia dort aussi. Quand elle se réveille :

— Au fait, je ne t'ai pas dit : Beauvoir est enceinte...

Un instant de surprise, puis :

— De qui ?

Ce n'est pas la peine de tergiverser, *elle sait*. De toute façon, je ne peux plus reculer, Beauvoir serait capable de sauter du balcon.

Je vous laisse imaginer (« L'imagination est plus importante que le savoir », assurait Einstein) le feu d'artifice qui s'ensuivit. Ce qui peut se passer dans le cerveau des êtres humains est comparable en puissance au big bang, à la course folle des galaxies vers le fin fond de l'univers, qui n'en a peut-être pas, de fin fond, aux trajectoires des comètes, aux chocs titanesques des météores, au désespoir des trous noirs...

Dès lors, le divorce est envisageable à plus ou moins long terme, mais Georgia viendra tout de même s'installer à Paris.

En attendant, un camarade de détention au ministère de l'Air me prête une petite chambre de bonne dans l'île Saint-Louis. Par la fenêtre on voit les deux bras de la Seine qui se séparent. La différence entre le fleuve et ma vie, c'est que les deux bras de la Seine se rejoignent de l'autre côté de l'île. Si vous aimez les métaphores, je pourrais dire autrement que j'ai un pied sur une galaxie et un pied sur une autre, et que ces deux galaxies s'éloignent l'une de l'autre à toute vitesse.

Georgia me somme de promettre de ne plus voir Beauvoir, sinon, elle se tire avec mon fils, au pôle Nord ou au pôle Sud, je ne sais plus. Je promets. Beauvoir menace de renoncer à accoucher de ma fille si je ne promets pas d'assister à l'accouchement. Je promets.

Je vous passe des tas de promesses secondaires.

Cinquante kilos de surcharge pondérale plus tard, on m'annonce l'arrivée imminente de ma fille dans ce monde. Réunion de crise. Qu'est-ce que j'ai promis, déjà ? Ah oui. *Coincidentia oppositorum*, priez pour moi. Il n'est pas question pour Georgia de me laisser partir à la maternité. Il n'est pas question pour moi de ne pas y aller. Pas question de crier, de s'arracher les cheveux, de se verser de la cendre sur la tête. Parlementer. Je commence à avoir une certaine expérience de la diplomatie : je fais des promesses supplémentaires et nous finissons par tomber d'accord, mais je ne sais plus exactement sur quoi. Un couple d'amis appelé en urgence vient garder notre fils. Lorsque nous arrivons à la maternité, Georgia et moi, il est minuit et la petite fille est déjà née. Elle est mignonne, mais l'ambiance est plutôt lourde. Un semblant de paix, tout de même.

Je finis par être enfin autorisé à dormir quelques heures.

Depuis cette nuit-là, j'ai toujours parfaitement compris que des innocents finissent par passer aux aveux après quarante-huit heures de garde-à-vue. (*Allez, tu signes là et tu vas pouvoir dormir.*)

Le lendemain matin, tout est à refaire. Nouvelle réunion de crise. J'ai promis à Georgia de ne plus jamais revoir Beauvoir. J'ai promis à Beauvoir de repasser voir ma fille ce jour même. Je m'en souviens vaguement. Mais il paraîtrait que j'ai également promis à Georgia de ne plus jamais voir ma fille. Et à Beauvoir de choisir aujourd'hui définitivement entre Georgia et elle. Ça m'étonne davantage. Je suis en train de me fabriquer une éternité de dimanches de colle. Je me suicide tout de suite ou je tente une dernière mission diplomatique ?

Je saute dans un taxi et je file à la clinique. Georgia saute dans un autre taxi avec notre fils qui n'a pas encore tout à fait un an et me suit.

Dans sa chambre, Beauvoir a sa literie remontée jusqu'au menton. Elle traficote quelque chose sous les couvertures. Elle pleure et voudrait me faire jurer que Georgia acceptera d'adopter notre fille. Je ne jure plus de rien. Je soulève ses draps : elle est en train d'essayer de s'ouvrir les veines avec une épingle de sûreté. À côté d'elle, quelques gélules. Je dis d'accord, d'accord, et je cours prévenir la surveillante. Cette dernière me cherche justement. Il y aurait au rez-de-chaussée une jeune femme hystérique avec un bébé dans les bras et qui menacerait de mettre le feu à la maternité si je n'étais pas là dans cinq minutes. Je dis d'accord, d'accord. Je lui donne l'épingle de sûreté avec laquelle Beauvoir s'est griffé les poignets. J'ajoute qu'elle a dû avaler quelques comprimés et qu'on trouvera facilement de quoi il s'agit, parce les trois quarts du flacon sont répandus sous le lit. Je descends les escaliers quatre à quatre. Heureusement, le couple d'amis que j'ai de nouveau appelé en renfort est déjà là. Je leur confie la mère et l'enfant. Je remonte en vitesse embrasser ma fille à la nursery, mais la surveillante me prie de déguerpir en me menaçant avec une seringue. Je redescends. Je saute dans un taxi en demandant au chauffeur de me conduire à l'autre bout de Paris et s'il ne connaîtrait pas, par hasard, un bar sympa.

Quand on se sent vraiment seul, il vaut mieux être seul tout seul que seul en groupe.

Par ailleurs, si vous vous trouvez devant un problème insurmontable et si les deux solutions qu'on vous propose vous semblent également impossibles, la sagesse populaire vous suggère d'en chercher une troisième.

C'est la démarche pour laquelle j'ai opté, au bout de quelque temps.

Après quelques rencontres enrichissantes, j'ai fini par rencontrer l'Autre.

Mais ce n'est pas du tout le sujet.

Georgia vient d'épouser, en troisièmes noces, un Suisse Allemand que je trouve très drôle, bien qu'il ne parle pas le français et que je ne connaisse que cinq ou six mots d'allemand.

Beauvoir a fini par trouver son Sartre. C'est une femme. Je la comprends. Personnellement, je n'envisage pas de vivre avec quelqu'un d'autre qu'une femme.

Nous continuons à discuter de temps en temps de l'état du monde et de l'humanité. Des incertitudes de la noosphère.

Mes enfants vont bien, merci. Ils m'adorent. Nous ne nous sommes vus que pendant les week-ends, les vacances et les déjeuners d'anniversaire. Je ne leur ai jamais imposé de dictées. Je ne les ai jamais envoyés au tableau. Ils ne m'en tiennent pas rigueur.

Nous avons souvent discuté de quelle pouvait être la situation la plus enviable pour un enfant :

un père présent, un père absent ou un statut d'orphelin à part entière. Nous avons fini par conclure qu'on ne pouvait jurer de rien, et que, de toute façon, la vie nous offrait généralement de tester tour à tour ces trois positions.

Bref, j'aurais eu une enfance plutôt heureuse, s'il n'y avait pas eu les autres.

Vous allez rire, mais je viens d'avoir soixante ans. Nul. C'est l'âge bête. Vous croyez pouvoir vous vanter d'avoir accumulé de l'expérience et l'expérience, ça ne sert à rien. La vôtre ne peut servir à personne, elle ne vous sert même pas à vous. C'est l'âge où vous êtes tenté de vous prendre pour quelqu'un. Professeur. Docteur. Président. Académicien. Grand Mamamouchi. Grand-père.

— Non, ma chérie, maintenant tu es grande, tu as trois ans et demi, tu ne peux plus continuer à m'appeler Anatole. Appelle-moi Grand-père.

Les autres se font appeler Bon Papa, Papy, Papou, Papounet, Baloo...

— Ma chérie !

— Oui, Grand-père !

— Tout à l'heure, je plaisantais, naturellement. Continue à m'appeler Anatole.

L'âge bête. D'autant plus bête que vous continuez à être très jeune. Peut-être même encore plus jeune qu'avant. Seulement, les autres ne s'en rendent pas compte. Quand les femmes portent sur vous dans la rue un regard vaguement intéressé, c'est qu'elles ont au moins soixante-quinze ans. Remarquez qu'il y en a de très bien, à soixante-quinze ans.

Mais c'est l'âge bête, quand même, soixante ans. Je me sentirai plus léger à soixante et un. Je ne sais pas vraiment pourquoi, mais il me semble.

N'empêche qu'après tout ça, j'ai vécu près de trente ans de bonheur. Oui. Ça ne se raconte pas, le bonheur. Il faudrait avoir énormément de talent pour raconter le bonheur. J'essaierai peut-être, à quatre-vingt-dix ans. On a plus de recul.

Je dis : trente ans. C'est trente secondes. Ça file très vite, le bonheur. Un peu comme le courrier électronique sur mon nouvel ordinateur. Vous appuyez sur « Envoyer » et, pfuit, il décolle comme un Mirage IV, un de ces engins supersoniques à ailes delta catapultés dans l'espace du pont des grands porte-avions. Ils n'arrivent pas forcément tout de suite à destination, les messages électroniques. Il leur arrive de folâtrer au-dessus de la campagne, de participer à des meetings aériens, de faire des loopings.

Je n'aime pas donner des conseils, mais je voudrais dire à mes lecteurs en bas âge : profitez de votre enfance.

Quoique.

Parfois, je me demande si on n'en profite pas davantage a posteriori. Parce que c'est très long, l'enfance. C'est interminable. Même sans compter les dimanches de colle. Plusieurs éternités à attendre. Et à attendre quoi ? De devenir vieux ! Pour mieux pouvoir se souvenir de son enfance. En accéléré. Parce qu'à partir de là, tout va très vite.

[— Sans compter, Castor, que, pendant ce temps-là, tout un tas de salauds, de profiteurs, de proxénètes, de violeurs, de spéculateurs, de grands patrons de banque et de chefs de gouvernement, de maffioteurs du dimanche, d'adjudants-dants-chefs du lundi, font tout ce qu'ils peuvent pour vous ôter jusqu'au goût de la vie. Il est vrai que tout être humain, ayant lu des milliers de quotidiens et regardé tout autant de journaux télévisés, peut aspirer légitimement au repos éternel.

— Vous avez raison, Sartre. La vie paraît souvent accablante. Et la plupart de ceux qui la racontent le font d'une manière encore plus accablante.]

« Ne vous tenez pas trop informées. » C'est le conseil que donnait ce vieux Jean de la Croix aux petites moniales espagnoles qu'il confessait. C'était une sorte de clown-poète mystique, copain avec Thérèse d'Avila, la mystique la plus sensuelle de tous les temps, c'est tout dire. L'Inquisition l'a enfermé dans un placard à balais pendant plusieurs années. Après, on l'a canonisé. Les autres n'ont même pas de suite dans les idées.

Les informations essentielles finiront bien par vous parvenir. D'ailleurs, vous les connaissez déjà. Pas dans les détails, mais pour l'essentiel.

De toute façon, vous ne pouvez pas faire grand-chose pour cette misérable planète. Économiser l'eau. Prendre les transports en commun. À la rigueur consacrer votre vie à quelques centaines de pauvres, comme Mère Teresa, et recevoir le prix Nobel de la paix. Surtout pas devenir monarque ou président. Il faut être le dernier des crétins assoiffé de pouvoir et de falbalas pour postuler à de telles responsabilités. Le seul bon président serait quelqu'un qui ne voudrait pour rien au monde devenir président. Encore faudrait-il réussir à le convaincre. À ma connaissance, ça n'est arrivé que deux fois dans l'histoire récente. La première : un paysan romain, Cincinnatus, connu pour son intégrité, poussé par le Sénat à accepter pour six mois les fonctions de dictateur. Dans Rome corrompue, en proie à l'anarchie, on ne voyait pas qui d'autre aurait osé prendre les décisions qui s'imposaient. Au bout de six mois, ayant accompli scrupuleusement son devoir, il est retourné à sa charrue. La seconde : un ermite que des Éminences – en conclave depuis des mois pour élire un nouveau pape et ne parvenant pas à s'entendre sur un nom – étaient venues chercher dans sa grotte pour le poser sur le trône de saint Pierre. Le saint homme n'a pas tenu trois semaines. Il s'est débarrassé des oripeaux dorés à l'or fin qu'on lui avait collés sur le dos et s'en est retourné dans sa caverne en prétendant que là-bas, au moins, il ne faisait de tort à personne.

Bon. Je pense que si vous êtes encore là, vous avez choisi votre camp. Si par hasard vous avez pris parti pour les autres, il n'est pas indispensable que vous lisiez les dernières lignes de ce livre. Plongez-vous dans n'importe quel roman de Bernard-Henri Lévy ou de Michel Onfray. (J'en compulse quelques-uns pour vérifier... Oui, ce sont bien des romans, vous pouvez y aller.)

À vous qui êtes restés, je peux le dire : tout est roman.

Et puis j'ai aimé des gens, énormément. Pas énormément de gens, des gens énormément. Des petites filles, des femmes, et même des petits garçons et des hommes. Énormément.

Et puis j'ai été aimé. Bien au-delà de ce que j'aurais pu rêver.

Ce n'est pas la peine de le répéter aux autres.

— QUINZE ARBRES LIBRES DANS CE JARDIN ET VOUS CHOISISSEZ LE SEUL OCCUPÉ ?
— JE ME MÉFIE DES RESTAURANTS OÙ IL N'Y A PERSONNE.

— ÇA NE TE GÊNE PAS, QUE TOUS LES AUTRES NOUS REGARDENT ?
— NON. CE QUI M'ÉTONNE, C'EST QUE LEUR CAGE SOIT TELLEMENT PLUS GRANDE QUE LA NÔTRE...

Achevé d'imprimer sur les presses de

BUSSIÈRE

GROUPE CPI

à Saint-Amand-Montrond (Cher)
pour le compte des Éditions Julliard
en septembre 2007

Composition réalisée par PCA
44400 Rezé

N° d'édition : 48344/03. — N° d'impression : 073186/1.
Dépôt légal : septembre 2007.

Imprimé en France